시간의 색깔은 자신이 지향하는 빛깔로 간다

박석준 시집

푸른사상 시선 124

시간의 색깔은 자신이 지향하는 빛깔로 간다

인쇄 · 2020년 5월 20일 | 발행 · 2020년 5월 25일

지은이 · 박석준
펴낸이 · 한봉숙
펴낸곳 · 푸른사상사

주간 · 맹문재 | 편집 · 지순이, 김수란 | 마케팅 · 김두천
등록 · 1999년 7월 8일 제2－2876호
주소 · 경기도 파주시 회동길 337－16(서패동 470－6) 푸른사상사
대표전화 · 031) 955－9111(2) | 팩시밀리 · 031) 955－9114
이메일 · prun21c@hanmail.net /prunsasang@naver.com
홈페이지 · http://www.prun21c.com

ISBN 979－11－308－1672－2 03810
값 9,000원

이 도서의 국립중앙도서관 출판예정도서목록(CIP)은 서지정보유통지
원시스템 홈페이지(http://seoji.nl.go.kr)와 국가자료종합목록 구축시스
템(http://kolis-net.nl.go.kr)에서 이용하실 수 있습니다.
(CIP제어번호 : CIP2020020140)

푸른사상 시선 124

시간의 색깔은 자신이 지향하는 빛깔로 간다

| 시인의 말 |

나는 자유를 바라고 피폐하지 않는 삶을 바라지만,

사람이 말을 차단하고 통제하고, 사람을 가두고 구속하고 소외시키고

자본주의의 힘이 지역마다 사람마다 돈과 문화, 교육의 향유의 차이를 만든다.

통제하여 단절시키는 것은 부조리하여 아픔과 상실을 낳는다.

위치를 잃은 소외된 것, 말을 잃은 것, 통제된 것, 못 사는 것, 색깔을 잃어가는 시간은 어둡고 슬프다.

사람들은 욕망이 있어 돈과 문화를 따라 도시가 집중된 서울 쪽으로 떠난다.

의미 잃은 과거는 꿈과 같으며, 의미 잃은 현재도 꿈과 같다.

시간의 색깔은 자신이 지향하는 빛깔로 간다.

2020년 5월
박석준

| 차례 |

제2부 생의 프리즈

제3부 시간의 색깔은 자신이 지향하는 빛깔로 간다

— 그 언덕 아래 한 거리에서, 빛을 그리워하는 마흔두 살. [illegible] 삶의 [illegible]
[illegible]렇게나 내버려지고 싶었을까? 나에겐 해야 할 말과,

제1부

먼 곳

[illegible] 나를 말하고 싶은 마음이 자주 있었건만. 시간의 색깔은 사실이 지향하는 빛깔로 가다 문득 어느 날에 시간은 내게 어린 사람을 새겨 나를 청[illegible]
[illegible] 가 있게 했었는데. 그리하여 21세기에는 살아갈 빨간 장미를 품은 잠시 나를 '삶'이라는 굴레로 스쳐갔었는데 요즘 나는 남아버린 창백한 얼굴[illegible]

국밥집 가서 밥 한 숟가락 얻어 와라

통증이 와도 안대로 가릴 수도 결근을 할 수도 없다.

교육관이 뭐냐고? 글쎄요. '어떻게 살 것인가?'를 생각했을 뿐.

국밥집 가서 밥 한 숟가락 얻어 와라.

조퇴하고 가게에 들른 중1 나는 서성거리다 집으로 갔다.

어디 가서 얻어 온 거냐?

집에 가서, 가지고, 왔어요.

그럴 줄 알았다. 사람은 정직해야 하지. 그런데,

말이 더 이어지지 않아서, 나는 심장이 뛰고 초조했다.

허약한 애한테 너무 뭐라 하지 마시오.

엄마가, 엄마의 목소리가 스며들자

아버지가 밥 한 숟가락에서 몇 알 떼어 큰형 이름 적힌 편지봉투에 바른다.

그러곤 갑자기 손을 잡아채어 불안하게 하면서 밖으로 걸음을 뗐다.

우리 식료품 가게 앞 큰길을 건너 의원으로 들어갔다.

의원에서 나오는 길로 아버지가 택시를 잡았다.

나를 업고 올라가, 70년 봄 동산 위 정자에 앉혀놓았다.

광주천과 무등산이 보이는 정자에 아버지가 서 있어서, 나는 불안한데

어떻게 살아야 하지?

아버지의 소리가 해 질 무렵에 귀를 타고 머리에 박힌다.

1년 후에 파산하여 아버지가 1974년에 서울로 갔다.

큰형이 민청학련 사건으로 수감되었다.

열아홉 살 다 지나가는 1976년 겨울, 두 걸음 걷다가

쓰러지는 나를 큰형이 업어 서울 병원으로 데려갔다.

팔로4징후*였다. 형이 각서를 썼다. 무슨 소리가 들리고

엄마가 보인다. 기자라 한 사람이 물었고 오후에

큰형이 가져온 신문에 해가 바뀌고 며칠이 지난 시간과

국내 최초 성공, 내 이름이 실려 있다.

스물두 살 내가 느리게라도 걸을 수 있어 돈을 구하려고

이곳저곳 찾아다니다 11월에 본 가판대 신문, 적힌 사건,

큰형 이름. 눈물이 나고 내가 초라하게 여겨졌다.

남민전* 사건으로 큰형이 투옥되었다!
나는 부실하여 감당할 만한 일터를 먼 곳에서 구했다,
스물여섯에. 교사가 되었으나 큰형의 일로 안기부에게
각서를 써야만 했다. 13개월 후에 아버지가 떠났다.

여인숙 일을 접은 어머니는 단칸방에서 일터로 갈
사람을 깨운다. 그 후엔 나팔꽃 화분을 가꾸거나
오후엔 절룩이며 팥죽을 팔러 나가실 텐데.
새벽길에서 나는 7년 넘게 갇혀 있는
큰형 얼굴을 떠올린다, '어두운 곳에서 벗어나 지향하는
색깔로 시간을 만들어가는 것……' 으로 생각을 이어간다.

* TOF(Tetralogy Of Fallot, 팔로4징후) : 선천성 희귀 심장병.

* 남조선민족해방전선 : 1976년 2월에 반유신 민주화와 민족해방을 목표로 결성된 비합법 지하조직. 1979년 11월에 종결. 박석률의 권유로 박석삼, 김남주 등이 가입. 이재문은 옥사하고, 신향식은 사형이 집행됨. 안재구, 임동규, 이해경, 박석률, 최석진 등은 무기징역을, 박석삼, 김남주 등은 징역 15년 형을 선고받음.

장미의 곁에 있는 두 얼굴

1

12월, 밤이 시작된 무렵. 불빛들, 언덕 쪽으로 걸었다.

우리 집을 스친 길과 성당이 꼭대기에 솟은 언덕 밑을 스친 길이 있는 오거리, 언덕 밑 길 포장마차들 중 한 곳.

그 안의 백열전등 불빛 아래 장미꽃처럼 빨간 준수한 얼굴에 코트 깃을 세운 사람, 그 옆에 놓인 빨간 장미.

그 옆에 서점 상윤 형이 전해주라는 검은 가방을 놓았다.

"김장은 안 했겠구나. 이십만 원이다, 대학교 진학해라. 일이 있어 나는 집에 오기 어렵다. 어머니 잘 모셔라."

건강해져야 할 텐데, 눈 조심하고……. 빨간 장미를 든 나는 집 쪽으로 걸었다. 간혹 바람이 얼굴을 스쳤다.

형은 쫓기는 자일까? 형이 모금하여 나를 살리고, 신문에 내 옆얼굴이 났는데, 산다는 건 무엇일까? 장미, 얼굴들!

2

둥근 얼굴 여자가 마루 앞에 서서 보고 있었어. 바지와
반팔 티셔츠를 입는 스무 살 소년을. 누구세요? 물었어.
1월에 신문을 보고 편지한다, 성남에서 공장 다닌다,

3월에 열아홉 살, 본명은 연, 광주로 돌아왔다, 사랑해요,
했는데, 5월 아침 일요일을 무엇 때문에 찾아왔을까?
수국 같은 성숙한 여자! 난 치료 중인데. 빵을 안 먹네!
공원에 갈까요? 제과점에서 나왔어. 사진 찍을 때만 넌
곁에 있었지. 네가 권한 영화관엔 편히 서 있을 곳 없어,
피로해서 갈게요, 했어. 그때까지 넌 전혀 묻지 않더군.
이발사가, 넌 구레나룻이 멋진데 너무 빼빼해, 했을 때,
그 여자, 집에 와서 울고 갔어, 현의 목소리가 들렸지.
여름날 하교하여 가방을 간신히 들고 들른 수예점에서
누나의 말에 상자 위에 둔 현에게 보낼 편지가 생각났어.
열린 방문, 가버린 상자. 들어가 형광등을 꺼버렸지.
친구랑 튀어나갔지만, 넌 집 앞에서 얼굴을 못 들었어.
나는 고2 소년을 들켜버려서 눈물이 맺히는데, 들킨
너는 말없이 눈물을 쏟아내고는 언덕 쪽으로 달아났어.
눈과 가슴뼈가 흔들려 5미터도 못 뛰어가 괴로웠지.
상사병 나 초췌하고 불안하다고 쓴 네 친구의 편지,
가을 해 질 녘 충장로. 내게 다가온 건 포동포동한 외모,
변한 얼굴, 기억에 없는 목소리였어. 산수동 달동네

불빛들 몇, 안쓰러워 들어간 언덕길, 골목이 갈린 곳에서
여기서부터는 따라오지 마세요, 사감한테 들키면 혼나요,
소리만 했지. 갈 테니 회사 기숙사 전화번호 적어줘요,
했을 때까지 넌 아무것도, 안부조차도 묻지 않았어.
큰길 전화 부스에서 소리가 났어. 없는 번호입니다.
'거울 속 왕자님을 바라보는 거지 소녀가' 한 카드.
11월 예비고사 날 모처럼 온 말이 마지막일까?

3

옆얼굴이 잘생겨서 오빠 삼고 싶다며 열여섯 현, 네가
네 사진을 담아 연과 같은 날 편지로 찾아왔어.
유채꽃 같은 고2 소녀! 고2인 나 내 사진을 보냈지.
나에게 '사랑해요' 한 여자한테 일기와 편지가 든 상자를
들켜버려서, 현에게서도 떠나겠어. 라고 썼어. 그러나
너는 '사랑해요'란 말을 처음으로 보냈지.
'대학생이 되겠네요. 난 취직해요.' 예비고사 날 온 편지.
다음해 2월 토요일, 서울 전농동 달동네 긴 언덕길에서
대문 앞에 두 개의 방이 바짝 붙은 집을 찾고

캄캄해진 얼마 후에 노크해 언니에게 전했어.
내일 12시에 창경원 앞에 파란 풍선 들고 있겠어요.
11시부터 두 시간 기다렸어. 답장은 계속 왔지.
네 목소리를 들은 적도 얼굴을 직접 본 적도 없는데,
4월에 네 답장을 받고, 며칠 후 형사들이 수색했어.
내 상자 속 편지들까지. 그러곤 며칠 후 편지가 왔어.
회사의 스물아홉 살 오빠가 날 사랑해요.

4

11월에 형이 체포됐다. 상실, 결여, 나의 고독, 카오스적 나가 5 · 18을 흘러가고, 김제영이 다가와 함께 본 백장미*.
스물다섯 살 1월에 우리 집을 잃어, 여관방으로 이사했다.
졸업하여 스물여섯, 2월 말인 오늘 다시 구직하러 다닌 후, 나는 슬퍼졌다. 나는 왜 가벼운 것일까?
무기수인 형, 장미의 곁에 두 얼굴! 산다는 건 무엇일까?

* 잉게 숄, 『아무도 미워하지 않는 자의 죽음(원제 백장미, *Die Weisse Rose*)』, 박종서 역, 청사, 1987.

1980년

“선생님께서도 5 · 18 때 광주에 계셨던데, 정말
해방구란 곳이 있었어요?” 제자의 선배가 물었다.

아침에 한봉* 형이 사다 준 흰 고무신만 마루에 있고
어머니가 보이지 않아, 6일 후 막내랑 서울로 갔다.
10시경, 어머니, 작은형이 아버지 사는 방에 돌아왔다.
전기가 흐른가 몇 번 정신 잃었제라. 그런디 뭔 꿍꿍이가
있는가 8시 반이나 돼서 가라고 내보냅디다.
나는 트랜지스터로 음악을 들으며 새벽으로 갔다. 그냥
음악이 끊기면서 대통령이 서거했다는 뉴스가 삽입됐다.
광주로 돌아온 날, 4월부터 나를 감시하고 시험도 방해한
형사가, 광주와 서울 각 다섯 명인 형사가 보이지 않았다.
11월엔 해방전선*, 큰형, 삼형, 검거 기사를 보았다.
1년간 학사경고를 받은 나는 문리대 벤치에서 쇼윈도
세상을 생각하거나 하다가 4월부터 데모대에 끼어들었다.
5월 15일 오후 4시엔 도청 앞 집회에 갔다.
시내에 난리 났어. 18일 낮 11시에 나를 데리러
운암동에 온 막내의 말에 귀가했으나 심란하다.

19일 5시 신탁의 집에서 함께 나와 우리 집으로 가다가,
좀 전에 계림파출소 근처에서 학생이 총에 맞았어요,
전하는 소리. 파출소 앞에서 헤어졌다. 계림동 오거리
우리 집 쪽으로 총검을 지닌 계엄군들이 가는 것을 보고
불안하게 걷는 나. 우리 집 대문 앞 술집으로 들어가기에,
숨죽여 어떻게 열렸는지 모른 대문 안으로 들어간 나.
신탁과 재단사 인학은 MBC 방송국 쪽으로 달려갔지만,
호흡이 곤란해진 나는 타오르는 불길을 집에서 보았다.
21일 낮 1시경 수많은 시위대 속 나는 관광호텔 앞에서
내 옆으로 날아오는 총소리, 총알에 놀라 움직여졌다.
사람들의 움직임에 나도 움직였다. 하지만 열 발을 뛰기
힘들어 걸어가는 나, 쓰러지는 여자와 벗겨진 신발, 또
쓰러지는 사람, 구하러 가는 사람, 건물 앞이나 골목
어귀에 멈춰 선 사람, 금남로를 보았다.
내가 어떻게 집에 돌아갔는지? 밤에 돌아와 후회하는.
동구청 앞 트럭에 밥을 올려주는 아줌마들을, 트럭 위
동생들과 사람들을, 민주를 지키러 가는 광주를 보았다.
평화롭고 자유롭고 화목한 날들을 보았다.

동네 양장점 학생이 죽었다고 한다. 상무관이 어디냐?
상무관 많은 관 앞의 통곡. 관 속의 태극기.
금남로 한국은행 앞 빨간 핏물을 어머니와 함께 보았다.
내가 어떻게 집에 돌아갔는지? 밤에 돌아와 후회하는.

수술한 나를 찾아 병원에 온, 시민군 상원* 형도 전사했다.
그러나 북한군 개입설을 퍼뜨리는 너는 그 10일간
광주에 확실히 없었다. 사진 속 사람이 어떠니 하는 너는
그 기간 광주의 사진들 속에도 없다.
금남로. 내가 손대기 전 손대지 마라,
하는 오늘 금남로. 빛!

* 윤한봉(1947~2007) : 사회운동가. 5 · 18 광주민주화운동 마지막 수배자.
* 해방전선 : 남민전(남조선민족해방전선).
* 윤상원(1950~1980) 열사 : 노동운동가이자 5 · 18 당시 시민군으로서 활약. 들불야학 박기순(1958~1978) 열사와 영혼결혼식을 치름.

먼 곳 1

— 돈과 나와 학생들

5일간의 가정 방문을 마치고 광장 횡단보도 앞에 섰을 때
밤은 10시를 조금 넘었다. 터미널 쪽으로 야위어가는
가로등 불빛과, 건물들에 들쑥날쑥 침울한 불빛과,
사라져가는 자동차들의 불안한 불빛을 좇다가
신호등 파란불을 보고 횡단보도를 걸었다.

방 안에 앉은 나는 부은 가는 다리와 발등을 보는 눈에
통증을 느낀다. 쉬고만 싶지만, 한숨만 쉬었을 뿐, 이내
교재를 펼친다. 그리고 11시 40분이 되는데
눈까풀이 가물거리고, 연구하는 눈의 눈가에 눈물 같은
액체가 끼어들고, 눈알이 너무 아파, 왼눈을 어루만진다.
왜 내가 여기서, '흐음, 흠!' 한숨을 쉬고 있는 거지?
슬퍼졌다. 뇌리에 여관방이 떠올랐다. 4년 전에 수감된
형들을 기다리며 수레를 끌고 고물을 줍는 아버지,
영치금을 구하러 돌아다니는 작은형, 간첩 집안이라고
쫓겨난 누나, 중학교, 국민학교만 나온 동생들 헌과 수,
유일하게 대학을 나왔으나, 몸이라도 성해야 할 텐데,
하였을 때, 내가 본 어머니의 슬픈 눈.

나는 그 눈을 보고 죄스러워, 구직하겠다고 했다.
나는 어머니와 함께 구직하러 돌아다녔다.
찾아간 모든 곳에서, 너무 허약하다며 나를 거절했다.
그런데 그 한 곳에서 입학식 날 빈자리가 생기고
요행히 나를 불러, 내가 취업했는데, 내 몸이…….
눈 주위를 어루만지던 손을 떼어 몽롱하게 있는데,
하숙집 아주머니의 부르는 소리가 들려왔다.
"학생들도 선생님을 부담스러워하는 것 같고,
통 못 드시는데, 더 야위신 것 같아 미안스럽고.
어떻게 주말까지만 계시다가……."
내일이 주말인데, 내일 중으로 옮기겠다고 말했다.
통증이 계속되는데, 수업과 거처를 생각해야 했다.

"준비를 못 해서 죄송해요, 남은 시간 자습을 권합니다."
하고는 창가에 서 아침 바다를 보는 남색 수트 나를
3월 셋째 토요일 퇴근길에서 떠올렸다.
전화하러 아침에 내려갔던 터미널을 향해 내려가면서.

어머니는 터미널 매점 앞에 서 있었다.
주인 여자의 침울한 눈빛에 마음이 뒤숭숭해졌다. 하지만
"어떠냐? 당분간이라도……."
음성에 '떨어져 있어야만 살아갈 수 있다.'는 어머니의
슬픔이 담긴 듯했다. 이미 저물어 어두워져 있었다.
큰 보따리 하나이지만, 내가 가벼워서 들지 못한,
짐을 어머니가 옮기고, 터미널로 내려갔다.
9시 발 버스가 광주로 향했다. 어둠 속에 자동차가,
불안한 불빛이 시간을 훔쳐 앞질러 달아났는데,
집을 잃어 빌려 사는 여관방으로 돌아갈 어머니는
잠들어 있다. 그런데 나, 시간 따라 3주를 갔지만,
이날까지 왔지만, 진실로 먼 곳에 내가 있는가?
집에 돈이 없어 돈을 벌러 먼 곳에 온 나,
실존하고 싶은 나, 불안한 몸을 지닌 나,
죄송하다, 자습한 학생들에게.

먼 곳 2
— 프리즈 프레임

1

먼 곳에 근무하러 갈 나를 5시 반경에 깨우고
이내 어머니가 여관방에서 나갔다.
눈과 발에 주의하며 나는 새벽길을 걸어,
공용터미널 안에서 U자형 줄을 이루고 서 있는 어머니
를 찾고, 곧 버스를 탔다. 4월 첫 월요일,
청소 시간에 교무실에서 급사 아가씨가 전했다.
"오전에 안기부에서 왔소. 형들이 수감돼 있소?"
소리에 쿵쾅쿵쾅 심장소리 들렸다, "예." 소리가 떨렸다.
4시쯤 집 앞에서 나를 연행해 탁자 앞 의자에 앉혔다.
형들 있는 곳을 말해! 접선하지? 한 형사가 취조하고,
한 형사가 내실로 데려가 가슴을 짓밟고, 반복했다.
전년 11월에 피정센터 언덕에서 삼형과, 12월에
언덕 아래 포장마차에서 큰형과, 나 헤어졌을 뿐인데.
한 형사가 학교에서도 감시하는, 한 형사가 나를 데리고
형들을 추적하는…. 4년 전 4월이 흘렀다. 1분쯤 지나
"해방전선? 그런 데에 관심 있소?"
소리에, 잠시 후 "없습니다." 말했다. 다시 1분쯤 지나
"학생들이 집에 찾아오기도 합니까?"

소리에, 출근하려고 방문을 열자, 날마다 구두
닦아놓을게요, 하고 학남이 대문 밖으로 뛰쳐나가는
장면이 떠올라 "아직은."이라는 말을 했다.
"이젠 교사니까 학교 일에 신경 써주시오.
딴생각 말고. 몸도 허약한데!"
소리에 뇌리에 뜬, 며칠 전, 2층 교무실 옆 계단 앞에서
몸이 허약한데, 소리 후 어깨뼈를 따독대는 손.
나는 골목들을 걸으며 생각했다.
목련꽃이 피어나, 내가 지키던 지난날들과 형들 모습이
휘몰아쳐서, 가버린 시절, 또 와야 할 시간같이
환상 · 회상으로 가득한 옛 골목길이 감각으로만 남아.
나는 무엇이어야 하는지……. 언젠가 '어디를 찾아가야
하나?'라는 문제에 부딪칠 거라는 생각이 들지만.
나는 어떻게 될까? 자유롭지 못하다, 한 달이 됐는데!
나는 어두워져서 터미널 앞쪽 삼성다방으로 갔다.
"어쩔 것이냐! 그 학교에서 쫓아내기 전에는
니 발로 나와서는 절대 안 된다. 당분간만 참아라."
전화 후 어머니의 슬픈 눈이 떠오르고, 슬퍼졌다.

2

『위대한 거부』*를 읽는 점심시간, 급사 아가씨가 전했다.
몸이 허약한데, 소리 후 어깨뼈를 따독대는 손.
혹시 학급비? 하나도 안 걷었는데. 학생이 아닌 사람이
금액을 정하고 그 돈을 걷는다는 걸 납득할 수 없어서.
응접탁자 앞 의자에 앉은 '그'가 소파의 자기 앞쪽에
앉게 한 후 내 가는 다리를 가린 남색 바지를 살펴봤다.
몸이 허약한데, 소리 후 어깨뼈를 따독대는 손.
"수업 분위기가 소란스럽다던데, 애들을 잡지 못한 거죠?
무능하오! 앞으로 수업에 참관하겠소! 가보시오!"
몸이 허약한데, 소리 후 어깨뼈를 따독대는 손.
밤에 방에 있지만 나는 허약하다, 무능하다, 불안하다.
집엔 돈이 없다. 나를 감시한, 분리하려는 눈! 떠나야 해!
날이 새 4월 둘째 토요일, 떠난다는 말에,
학남이 2시에 안내한 조각공원.
하늘을 바라보는, 신음 소리가 있는 듯한
〈삶〉이라는 작품의 눈이 자극했다. 나를
〈띵크 트와이스(Think Twice)〉*란 노래와 생각이 흘렀다.
혹시 어느 날이, 파란색 애드벌룬만이라도 시가지 위에

떠 있는 날이 된다면,
차들이 클랙슨이라도 귀를 울리는 공간을 이슬비가
적셔주는 날로 남는다면, 좋겠어.

3

눈과 발에 주의하며 나는 새벽길을 걸어, 줄 서 있는
어머니를 찾고, 곧 버스를 탔다. 4월 둘째 월요일,
갈림길로 들어가 하숙하던 동네를 보고, 언덕에 선
창들을 연이어 단 하얀 공장(恐場)*으로 갔다.
점심시간에 교무실에서 급사 아가씨가 전했다.
다섯 개 반 교실 뒤에서 참관하는 '그'의 모습이 떠올랐다.
"오늘 또 안기부에서 왔소. 정식 채용하려면
각서라도 받아야 한다고 압박을 해서, 내가 증인이 되는
식으로 각서를 썼소. 이걸 보시오."
몸이 허약한데, 소리 후 어깨뼈를 따독대는 손.
쿵쾅쿵쾅 심장 소리 들렸다. 네모진 종이들. 앞 장에
타자로 찍힌, '각서', 본인은 학생에게 문제가 되는 일이
발생했을 때 즉각 학교를 그만둔다는 내용, 내 이름.
슬퍼졌다. 점심시간 끝날 때쯤 나와 올라갔으나, 과장이

학급비 오늘 다 해결하시오, 다른 반은 이미 다 걷었소.
소리 했다. 틀에 갇힌 나, 나는 어떻게 될까? 막연한
나를 퇴근 전에 학급 회의록 담당 선생이 불렀다.
'우리 선생님 인상을 펴주세요.' 건의 사항을 보는데
이걸 올릴 수도 없고, 참고하면 좋을 것 같아서.
소리들에 눈가에 눈물이 밀려들었다.
버스가 광주를 향해 흐르고 길은 컴컴해졌다.
나는 불안하다. '우리 선생님 인상을 펴주세요.'
나는 어떻게 해야 하나? 돈 벌러 먼 곳에 왔다 해도
선생인 내가 천진난만하면서도 개성 있는 학생들에게
슬픔이나 음울함을 느끼게 한다는 것은 죄를 짓는
행위가 되는데. 힘없는 나는 이제 어떻게 해야……?

* 『위대한 거부』 : 사회철학자 마르쿠제(Herbert Marcuse)의 평론 모음.
* Think Twice : 싱어송라이터 브룩 벤튼(Brook Benton)이 발표한 Pop(1961).
* 공장(恐場) : 입시제도 때문에 공포의 장소가 된 곳, 학교.

한순간만이라도 이미지를

중간고사가 끝난 후의 11월 중순, 어느 오후였다.
"뭐라고? 수업을 조금만 하자고?" 내가 묻는데,
"선생님, 그렇게 해줘요. 날씨가 너무 좋아요."
"쉬고 싶을 때는 쉴 수도 있어야 한다고 했잖아요?"
아이들의 말이 쏟아져 나왔다.
2학기 시작된 후로는 '그'가 1주일에 두세 번 나타나
주로 복도에서 지켜보고 갔다. 게다가 주마다 한 번 이상
"법적으로 금지한 거니 통근 그만하시오.",
"통근한다고 학부형들이 전화가 잦단 말이오."
라는 식으로 교감이 압박을 가중시켰다.
20분쯤 수업을 하고 나자, 아이들이 운동장 쪽 벽을
지름으로 하는 반원형의 공간을 만들어냈다. 거기에는
따사로운 햇볕이 쏟아지고, 창밖으로는 가을과, 구름
한 점 없이 푸르른 하늘이 흐르고 있었다.
애들은 반원형의 교실 바닥과, 그 둘레에 포개어진
책상이나 의자에 올망졸망 앉았다.
"노래 한 곡 듣고 싶어요." 소리에, 나는 교탁 옆에서
반원형의 공간으로, 애 둘은 망보러 교실 문가로 갔다.
"눈을 감고 걸어도 눈을 뜨고 걸어도…… 보고 싶은 얼굴.

거리마다 물결이 거리마다 발길이…….”
전날 또다시 눈에 통증이 오고 얼굴 주변에 종기가 나서
7시경 학교를 빠져나와 충장로의 약국에 갔다가, 수많은
사람들을 느끼며 귀가 중 불빛에 불현듯 형들의 얼굴이
떠올라, 가슴이 뭉클해져 가만히 흥얼거린 그 노래였다.
“새파란 색을 좋아한다고 새파랗게 웃을 수는 없잖아”
하는 훈의 노래로 인해 훈 뒤의 푸른 하늘을 보았는데,
돌연 78년 11월의 어느 토요일 오후가 떠올랐다.

책가방을 간신히 들고 우체국 앞까지 온 나를 삼형이
버스에 태워 데려간 곳은 ‘피정센터’의 언덕이었다.
그 언덕길에서 사방을 두리번거린 뒤 비로소 꺼낸 말은
“제야! 저 푸르른 하늘을 봐라. 봤나?”였다.
형의 말대로 하늘을 보았을 때 하늘은 구름 한 점 없이
맑은 푸른빛이어서 나는 “응.”이라 대답했다.
삼형이 밤에 송정리역에서 도둑기차 타고 갔다고
헌이 전했는데, 삼형은 전남대 교육지표 사건과
함평 고구마 사건으로 쫓기는 중이었다.
“기순이가 연탄가스로 죽었다 한다. 니 형 안 보인 후론

주마다 우체국 갔다가 항시 들렀는데."라고, 들불야학

여선생의 죽음에, 어머니의 슬픈 목소리가 12월 27일 흘렀다.

그날 헤어지고 2년이 지난, 80년 6월 배재고 앞에서,

남민전 사건으로 재판받기 위해 수갑이 채워진 채

걸어가는 사람들의 옆모습 속에서, 서른이 넘은 큰형과

26세가 된 삼형의 옆모습을 볼 수 있었는데……. 26세!

아! 나도 26세. 푸르던 하늘, 그리고 또다시 푸르른

하늘! 보고 싶다! 그 푸르던 하늘, 그 푸르름을.

푸르름을 그리워하며, 그 푸르름이 사라지고 있는 것을

아쉬워하며, 그 푸르름 뒤에 가려진 슬픔을 느낀 채,

바로 앞에 흐르는 푸르른 하늘에 눈길을 주고 있는데,

뒤를 이은 아이의 노래가 시작되는 건지

환호를 지르며 박수를 쳐댔다.

나는 '한순간만이라도 이미지를 남기는 사람'이 되라고

당부한 뒤 시간을 마쳤다.

아픈 수업

그 나흘 후 새벽 5시 반경에 어머니가
"어쩔 거나! 그렇게 눈이 아파서!"
란 말과 슬픈 눈을 건네어, 나는 아픈 눈을 껌벅였다.
공용터미널 안에 줄 서 있는 게 일상이 된
어머니는 곧 여관 방문을 나섰다.
월요일 밤 충장로의 약국에서 처방한 약으로 얼굴과
목덜미에 난 종기들은 다소 가라앉았는데,
목요일 7시에 다시 학교에서 빠져나와, 귀가하는 밤길에
동네 약국에서 안정제 · 소염제 · 안대를 샀는데,
새벽에 일어나 보니 충혈된 눈에 다래끼만 커져 있었다.
게다가 11월의 새벽 찬바람이 공용터미널을 향해 걷는
나를, 내 안경 속으로 스며들어 다래끼를 눈알을 건드려
눈을 떴다 감았다 하게 몸을 비틀거리게 하였다.

교실에선 수업하려고 학생에게도 시선을 주어야 했지만,
교무실에선 눈을 쉬고 싶었다. 그러나 자리에 앉자마자
"다랏 났네! 눈알이 빨갛구만. 안과에 가보시제."
화학 선생이 불쑥 말을 건네서, 눈을 껌벅여야 했다.

그런데 뜻밖에도 생물 선생이 나를 부르고 다가와
"안대를 끼시제. 끼웠다 뺐다 하면 더 안 좋을 것인디."
라고 말을 걸었다. "좀 답답해서."란 말을 그는 버렸다.
"오른쪽 눈이 힘이 없어 보이요. 초점이 안 맞는 것 같고
눈알에 파란 기가 있는데, 혹시 의안 아니오?" 했다.
"전에 백열등 밑에서 공부해 갔는데, 눈이 열을 받았는지
아프더니 그렇게 된 겁니다." 했으면, 가야 할 텐데,
"그러요? 보는 덴 지장 없고?" 하여 심장 뛰게 했다.
책상도 농도 들여놓지 못한, 여섯 식구가 벽에 기대어
자는, 창 없는 좁은 방에서 겨울방학에 백열등 아래 서서
공부하다 눈을 다쳤다. 쌀도 돈도 없어 휴학만 했던 나는
사실대로 말하지 않는 건 싫었지만 "네."라고 답했다.
학교에서 알게 되면 나는 그만두어야 한다는 생각에.

오후 우리 반에서 수업을 하고 있는데 5분도 안 되어,
며칠 만에 교실 뒷문을 열고 '그'가 들어왔다.
수업 내용보다 눈이 아프다는 것에서 불안감이 일었다.
'한 눈 없는 어머니'라는 수필을 수업하려고 국어 책을

펼쳐 든 채 칠판 앞에서 왔다 갔다 하며 눈을 껌벅이며
"그려달라는 '눈'에서 어떤 생각이 일어났습니까?"
물었으나 활기를 잃은 아이들의 얼굴이,
맨 뒷자리에 앉아 감시하는 '그'의 모습이, 나의 모습이,
20여 분 시간 속 어느 순간들에 새겨졌다.
'아파도 아픔을 드러내서는 안 되는, 아파도 쉴 수도
조퇴할 수도 결근할 수도 없는 나! 나를 둘러싼 사정!
눈알이 가렵고 콕콕 찌르듯 아픈데, 안대를 할 수 없는
나의 지루하고도 절실한 사정!'
'그'가 참관하고 간 뒤에도 수업을 하는 교사와 학생
사이가 불안하고 불만스럽고 어두웠다. 그런데 수업한 지
30분쯤 된 시각에 '그'가 교실에 다시 나타남으로써,
교실은 긴장 상황으로 변했다. '모두가 상황과 관계
속에서 지쳐버린 것만 같다.'는 생각이 들었다.
'그'가 15분쯤 있다 갔지만 곧 끝종이 울렸다.
다시 시작종이 울렸고 1주에 30시간 혹은 40시간을
수업하러 가야만 하는 나는 교무실에서 빠져나갔다.
전 시간 같은 상황에 또다시 빠지게 될까 두려워하면서.

아버지
— 무너진 집

84년 4월 토요일, 오후 3시가 조금 넘어 장원여관
출입문을 들어섰을 때, 누나가 나를 불러 세웠다.
"제야. 아버지가 이상해야. 니가 막 집에서 나간 뒤인께
아직 새벽인디, 나보고 힘이 없어 옷을 못 입겠다면서,
빵 사 오라고 하더라. 언제 아버지가 빵 드시디? 하도
이상해서 문 밖에서 보고 있는디, 빵이 목에 걸렸는가
발이 휘청거리면서 쓰러져버렸어야. 하도 놀라서 '오매,
아버지! 정신차리시오.' 했는디 뭔 말을 못 하신다."
나는 입에서 "음, 음," 소리를 내느라고 움푹 팬 볼만
움직인 채 눈을 감고 있는 아버지의 얼굴을 보았다.
그리고 눈을 옮겼을 때 "음, 음," 소리를 내느라고 힘이
들어 그런지 이불이 불렀다 꺼졌다 하는 것을 보았다.
밤 9시쯤에 헌과 함께 온 의사는, '음, 음,' 소리를
내는데도, 뇌진탕으로 쓰러진 직후 사망했다고 추정했다.
누나가 자기 탓이라며 울었다.

월요일 1교시를 끝내고, 교감의 말에 처음으로 조퇴를
하고 버스를 타고 내가 돌아왔으나, 아버지는 숨을 쉬지

않았다. 돈 구하겠다고 헌이 아침에 나갔다는데.
헌이 가져온 30만 원으로 망월동에 묘지를
계약하고, 나는 묘비에 새겨질 글씨를 썼다.
수요일. 망월동엔 비가 아주 조금씩 내리고 있었다.
수가 영정을 가슴에 안고 학영 형과 인학이 관을 맸다.
장례를 치른 뒤 방 안은 어두운 길로 젖어들 것만 같았다.
작은형이 회의를 하자고 하여, 결국
"말하지 말아라. 돌아가신 걸 알면 둘 다 괴로워서 병날
것이다. 그러면 지금까지 식구대로 고생한 보람도 없이."
라고 한 어머니의 말에 따르기로 했다.

9월 말 일요일, 우리는 여관에서 떠나야 했다,
집세를 밀릴 정도로 2월부터 적자가 심해서.
그 일요일, 장판을 끄집어내려다가 우리는 그 밑에 있는
습기 젖은 20만 원과 청자 두 갑을 발견했다. 그리고
내가 아버지 쓰시라고 처음으로 드린 3월 월급 20만 원이
고스란히 있어서, "고생하는 니 엄마나 주지."라고
말하면서도 그냥 받아두던 아버지의 모습이 떠올라서,

나의 눈에 눈물이 돌았다.
계림동 집을 떠날 무렵 대학교 3학년인 나에게
"니 큰형은 크리스마스 날 석방될 것이다.
대학에 다닐 사람은 니가 아니고 니 큰형이다."
"너는 아무리 공부를 해봐야
니 큰형 손톱만큼도 못 따라간다." 하셨는데.
홀로 송정리에 달방을 얻어 수레를 끌고 고물을 줍는
아버지를 이사 후 모셔왔는데.

그러나 85년 2월의 면회에서 큰형이
"아버지한테 뭔 일 생겼지? 솔직히 말해라. 돌아가신 것
아니냐? 내가 아무리 갈 수 없는 곳에 있다고 하더라도
사실은 알아야 할 것 아니냐?"라고 계속 아버지에 관한
말만 재촉하는 것을 안쓰러웠던지 헌이 실토했다.

그 술집

85년 4월 중순의 어느 날, 퇴근할 무렵 김재일 선생이
알려준 구 터미널 옆에 있다는 술집을 찾아갔다.
5시 반, 약속 시간에서 10분이 지났다.
나는, 그가 작년 여름방학 때 광주로 찾아와준 일이
이미지로 남아서 만남을 수락했을 뿐, 그 후
아무런 만남 없는 사이여서, 더 기다리지 않아도 되었다.
그럼에도 그냥 가버릴 수도 없어서, 마음을 다잡았다.
문을 여는 소리에 나는 시선을 던졌다.
"김재일 선생하고 윤보현 선생도 곧 올 거요."
라고 지학 선생이 자기가 나타나게 된 사유를 말하더니
자신의 건강함과 그 비결이 냉수마찰과 등산에 있다고
말하고 내 몸을 걱정했다. 막걸리를 서로 간에
서너 잔째를 따른 때였다.
"아이고, 늦어서 정말 죄송합니다."
한 김 선생을, 이어 들어와 시선이 마주치자
"박 선생, 정말 미안하요." 하는 윤 선생을 보게 되었다.
지학 선생이 내 곁으로 자리를 옮긴 뒤, 마주 보는
두 사람에게 술을 따랐다.

"미안하요. 미리 말하면 응해주지 않을 것 같아서.
두 분이 이야기를 풀어가면 좋을 것 같소."
나는 김 선생의 말에 상황이 배제되어 있다고 생각했다.
"그래요? 무슨 이야기를 어떻게 풀어가자는 겁니까?"
학기 초의 일이 떠올라 나의 목소리는 조금 떨고 있었다.
"아무리 박 선생님이 말 없는 사람이라고 해도 이거는
너무 불공평해요. 어떤 사람은 해마다 국어, 현대문만
맡는데, 박제 선생은 2년씩이나 국어책을 못 잡아보니!
나는 고문이라도, 국어 그림자라도 밟으니까 나은 거죠."
여선생이 찾아와 말했다. 2년째 한문만 가르치는 나에게.
"이미 지나쳐버린 일로 두 분 다 마냥
괴로워하고만 지낼 수는 없지 않소?"
나의 말에 먼저 반응을 보인 사람은 김 선생이었다.
내가 무능해서 '그'가 취한 조치라고 생각했는데,
학력고사에 한문 과목이 6문제만 출제되는 걸 아는
아이들은 곧 한문과 한문 선생인 나를 소원했다.
어머니는 쫓아내지 않은 것을 다행이라 여기라고,
몸이라도 덜 아플 것이니 다행이라 여기라고 했다.

나는 아이들에게서 멀어져가는 것에 안타까웠지만.
"내가 괴롭다고 하던가요? 지나쳐버린 일이라고요?"
내 말이 떨어지자 윤 선생이
"그건 김 선생이 말을 잘못한 거요."라 말하고는,
"박제 선생한테 괴로움을 주고 만 것 같아 죄송스럽고,
또 내 자신이 잘못한 것 같아 괴롭기도 하고……."
하여, 나를 복잡한 감정의 넝쿨 속으로 빠져들게 하였다.
"내년에는 절대 이런 일이 없도록 하겠소. 믿어주시오."
나는 괴로웠다. 그도 괴로워하고 있다는 것이 싫었다.
"믿어요. 생각이 있으면 이보다 더 좋은 만남이 있을
거라는 걸. 저는 가겠습니다. 술기운도 올라오고."
그 후 87년 9월 광주 · 전남지역 교사협의회가 결성된 날
결성식 직후 광주 전일다방에서 윤 선생과 다시 만나게
되었다. 그리고 89년에 윤, 김 포함 9인이 해직되었다.

푸른 하늘 푸른 옷

— 슬프고 아이러니컬한 날

'큰형이 어머니를 위해서 온다는 건데,
어머니는 큰형을 위해서 일하고 있다.
슬프고 아이러니컬하다.'란 생각이 나를 흘렀다.
85년 5월 중순 일요일 아침, 광주고속 뒤 어린이놀이터
주변 길을 걷는데, 푸른 하늘을 드러낸 맑은 날임에도
옷자락을 스치는 바람에 살랑함을 느낀 후에야.
특별 외출한다고, 며칠 전 교도소에서 연락했는데.
놀이터 뒤 은성여관으로 큰형이 온다는데.
하루 전 아버지의 첫 제삿날에도, 아쉬움과 슬픔에서
떨어져 있고 싶어서 나는 그렇게 걸었는데.
"어떡할 거나? 교도관들도 둘 온단디.
집세를 밀려야 할 것 같다. '금고' 돈은 어떻게 줬다만.
고통받는 것도 설운 일인디, 음식 장만한 것 보고
아무것도 없는 집이라고 깔보면 어쩔 것이냐?
차려놓은 것 보면, 형한테도 함부로 대하지 않을 거다."
아버지의 제사를 지내러 큰형이 온다는데,
연락을 받은 뒤에 어머니가 내게 이렇게 물었다.
"어쩔 수 있어요? 쓸 데는 써야지요." 대답했다.

교직에 근무한 지 3년째에 접어들었으나 4월 봉급
삼십몇만 원에서 쓰고 남은 돈뿐이어서, 찾아 드렸다.
은성여관으로 옮기기 전 신용금고에서 6백만 원을 빌려,
나는 달마다 20만 원씩 갚아야 하는 처지가 되었지만.
그 남은 돈마저 큰형이 온다는 날엔
다 쓰여질 텐데, 큰형이 가고 난 뒤에는
또다시 나와 어머니, 그리고 남은 식구들이 내
통근비를 걱정하는 속에 어머니가 돈을 빌리러 갈 텐데.

일하고 있는 어머니를 보고 "어머니!" 하고, 큰형이 4층
옥탑방에 들어갔다, 어머니를 포옹했다. 10시쯤에.
식사 후 두 교도관과 함께 망월동에 가서,
큰형이 참배하고, 다시 여관으로 돌아왔다.
큰형은 4시쯤 여관에서 떠나야 했다. 나는
'큰형이 식구들이 살아가는 것을 보러 찾아온 곳은
여관, 나그네의 쉼터에 불과하다.'는 생각이 들었다.
큰형과 우리 식구들이 계림동 '우리 집'에서
78년 11월에 마지막으로 만났는데.

큰형을 배웅하러 광주고속 위 광주역 쪽으로 따라갈 때,
푸른 옷을 입은 큰형의 양손에 수갑이 채워지는 것을
보고는 어머니와 누나는 "세상에!"
하며 고개를 떨구어버렸다.
아마 두 사람의 눈물이 흘러내렸을 테지만,
나는 '푸른 하늘을 드러낸 맑은 날임에도
살랑한 바람에 큰형의 푸른 옷이 나부끼는 것'을,
'서른아홉 살 큰형의 청년이 푸른 하늘 푸른 옷에
실려 사라져가는 것'을,
그리고 앞쪽의 인도 가에 바짝 붙어 서 있는 호송차를
보고서 아쉽고 안타까워졌다.
호송차에 실려 큰형은 우리들 눈에서 사라져 가버렸다.
우리는 광주역의 역사만 빤히 보일 때 발길을 돌렸다.
빨간색과 노란색의 풍선을 든 어린아이가
그 어머니일 사람하고 걸어오고 있고,
푸른 하늘엔 파란색 애드벌룬이 어렴풋이 흐르는데.

어머니

— 돈과 사람과 방

한진여인숙으로 옮겨가야 했을 때, 옮겨가고 난 뒤에,

내 뇌리에는 '돈과 사람과 삶'이라는 단어들이 수도 없이 교차되었다. 다시 3백만 원을 빌려 식구들이 거처를 옮긴 것뿐이지만 그래서 나는 슬펐다. 어머니가 이 여인숙 방들을, 혹시 형들이 나온다면 거처로 삼아도 좋을 만한 곳이라고 희망처로 생각한 듯도 싶은데, 나는 현실에 날로 슬픔만 짙게 느껴갔을 뿐이었다. 3백만 원, 그게 우리 식구들에게 목돈으로 남겨진 돈의 전부라는 걸 의식해야만 했다. 그것도 빚을 낸 돈이라는 것을…….

'나는 이제는 수업을 해야만 하는, 근무를 해야만 하는, 아니, 몸을 팔아야만 하는 존재가 되어버린 것이다. 받는 돈이 나의 상품가치이자 몸값이며, 우리 식구들의 생계에 충당되어야 할 돈으로 해석될 터이지만, 나는 내 가슴에 흐르는 말을 형들에게 전할 수가 없다. 형들은 감옥에 갇혀 있고, 남은 우리들은 돈과 사람과 삶 때문에 여인숙에 갇혀 있으니까. 그리고 형들은 교도소에 있고, 나는 교직에 있고, 남은 식구들은 여인숙에 있으니까.'

하지만 삶이 말없이 교차되어갔어도, 내가 몸을 팔아서

체중이 줄어도, 몸을 팔고 나면 스물아홉 살 나는 어김없이 여인숙–사람을 숙박시키는 일을 업으로 하는 집–으로 돌아가야만 했다. 다음 날에도 몸을 팔아야 하니까.

일상 1-1

그러자 밤이 스치고, 나는 자야만 했다.
일상, 그 속에 바람과 슬픔의 사정이 허덕이고 있다고 생각하면서도
지난가을 한 저녁, 수감된 형들을 그리워하며 나팔꽃 시든 화분을 가꾸고 있던
어머님의 어슴푸레한 모습을 잊지 못하면서도

그러나 져근덧 날이 새고,
9시의 반교차로를 또다시 의식한 나는
우리들의 가난하고 자유롭지 못한 사정상 그곳으로
가야만 하기에 그 가는 길을 찾아 가고만 있었다.

또다시 하루 속으로 사라지고 말 상념들로 분주한 채,
그 길 가는 곳 입구에 표시된 방향으로 가라고 강조된
화살표 하나 푯말로 서 있어서, 나는 왼쪽으로 갔다.
담벼락 뒤 푸접없이 네모진 창들을 연이어 내민
공장(恐場)에 내 집에서보다 더 많은 시간을 토하고

푸르른 시간이 비켜서야
하루치 몸을 다 판 나는 서두름도 없이
그 길 가는 곳에서 떨어져
나와, 나의 실내엘 갔건만

이미지, 이미 지나가버리고 만 현상의 형상화……
그것은 일 속에 끝없는 듯한 시간이었다.
그리고 혼자서, 둘이서, 여럿이서 그 속을 사람들은
온통 진지하게 서두르며 만들고 있는 상황이었다.

그럼에도 일상은 내게 또다시 장미꽃처럼 피었다간 져
분리, 그 속에
세월이 흘렀었다. 끝이 없을 듯한
반항의 세월이 흘렀었다.

먼 곳 3

— 11월의 얼굴들과 빗물

세월은 여관방에서 여인숙을 거쳐 단칸방으로 갔다.
내 두 달 월급만큼의 돈을 빌려 돈을 내고,
추석날 짐을 싸, 열 달을 빌려 쓰는 단칸방으로 일요일에
다섯 식구가 이사했다. 창 없는 어두운 좁은 방,
두 사람이 벽에 기대야 다섯이 자는 유동 슬픈 방,
그 방에서 헌이 시월 초순에 떠났다. 순천으로 갔다.
그 후 곧 어머니가 누나랑 동지죽 장사를 시작했다.
"뭘 이렇게 많이?…… 손님도 다 먹지 못할걸."
"그래도 그런 것 아니다. 여기까지 와서 죽 한 그릇
사 먹을 형편이라면 얼마나 배고픈 사람이겠냐?"
11월 말의 토요일, 찾아간 나에게 말했으나 어머니는
신우염이 도져 12월 초순에 장사를 그만두어야 했다.

다음해인 올해. 3월에 잘생긴 고1 아이가 싱글거렸다.
'재가 수업을 하는 거냐, 나를 감상하는 거냐?'
생각케 한 '그 애'가 광주로 귀가하려고 길을 걷는 나를
따라왔다. 엿새를 버스정류장까지 오더니, 마지막 날엔
"하숙하면 더 편하잖아요?" 하며 나의 손을 잡았다.
나는 3월 봉급으로 4월에 항구도시에 자취방을 빌려,

밤엔 일을 설계했다. 하지만 잠자리에 누우면
누워 신음하는 어머니, 대비하고 곁에 있는 수, 조카애,
밤의 광주 유동 슬픈 방 들이 뇌리를 쉬 떠나지 않았다.

어떤 고1 아이들이 6월항쟁 후 7월, 친절하게 다가왔다.
"뼈만 남아 온몸이 너무 가늘한 그런 몸으로
어떻게 선생이 될 수 있었을까? 수상해요." 말을 하여,
왜 양복을 벗고 반팔 와이셔츠 차림으로 판서했을까?
"네가 생각하는 만큼만 나는 너에게 남을 것이다."
반응하게 하거나, 왜 우리를 때리지 않으세요? 묻거나,
저는 머리가 나쁘니까 머리에 두 대 때려주세요.
뚱뚱한 애가 요구하거나, 아빠! 안녕히 가세요, 인사하는.

그러나 광주에서 새벽 버스를 탄, 먼 곳에 온 나에겐
아프다! 아프니까 어쩌란 말이냐?
아픔도 수감 중에 감수해야 할 일 아닐까?
도대체 큰형이 얼마나 아프기에? 탄원서를 쓰라고
작은형은 말하는가? 어머니가 아파서 신음하는데…….
11월 끝 금요일 오후의 교무실에서 생각이 흘렀다.

어스름에 나팔꽃 화분 앞에 움츠려 있는 어머니 얼굴,
형들의 준수한 얼굴, 얼굴들이 생각 사이로 떠올랐다.
그런데 나는? 기본만 남은 몸 나는,
아프다는 걸 학교에서 모르게 여기까지 왔는데,
갇혀 있다, 괴롭다, 불안하다, 불편하다.
싫다! 나의 상태가 싫어! 나는 속으로 탄식을 했다.
나는 '소변이라도 보러 가자.'고 밖으로 나갔다.
하지만 후두둑 소리, 11월 같은 빗줄기가 급하게 시야를
파고들 뿐, 나는 갇혀버렸다. 곧 시작종이 울릴 것 같아
가랑이를 무릎 아래까지 접쳐 올리고, 첨벙첨벙 소리들.
"선생님 다리가 제 팔뚝보다 가늘어요. 아프지 마세요.
제가 업을게요." 뚱뚱한 그 아이의 소리에
등에 업혀 아이의 찢어지고 구멍 난 우산으로
빗물, 우수를 꽤 가렸다. 그렇게 빗물과 부딪치고 나는,
형이 나를 살려냈는데, 탄원서를 써야겠다. 생각을 한다.
나 때문에 갇혀버린 나! 나도 가야 하는데…….

먼 곳 4

— 수감된 거리에 서면

1

두 개의 1로 갈라진 11월, 넷째 월요일 밤
세 시간의 회의 후 오거리의 지역교협 사무실에서 나온
주황색 잠바 나는, 10시를 넘은 항구도시, 불빛들
불안한 밤길을 버스정류장으로 가고 있다.
"왜 포위한 거요?", "당신, 행사장 가려는 선생 아냐?",
"저 사람 보통 사람이 아닌께 절대…….
아니, 내가 직접 데리고 가겠소."
세 소리가 부딪쳤다. 지역 교협 창립대회장인 성당,
그 앞길에서. 뛰어온 형사 10여 명이 나를 포위한
지난달 토요일 낮에. '그'는 왜 그렇게 말했을까?
삼성다방의 밀실, 탁자 앞에 마주앉은 선생 11명이
뇌리에 들어선다. 모레 결성을 하자는데…….

밤 12시가 다 되는 시간에 나는
불안한 몸을 눕혀버린다. 자취방에 돌아와
부은 가는 다리를 보았으나, 그제야 일을 끝내서.

그 사정이 내게 사무쳐서 마음이 흐려졌다. 그럼에도
선생들하고 일을 하고 있을 때엔 마음이 흔쾌히 흐른 나.
의사 말이 보름쯤은 입원 치료를 해야 한다는 거야.
그래야? 그럼 그렇게 해야지. 일단 모시고 가.
란 말을 낮에 교무실로 전화 건 동생 수와 하고선
이내, '입원? 그런데 돈은?' 생각을 한 나!
생계비로 돈이 떨어지고, 큰형이 아프다 하여
영치금을 빗냈는데, 또 돈을 빌려야 될 것 같아서
어머니의 아픔에 돈을 떠올린 나. 는 누구인가?
불쌍하다! 부조리하다, '눈물과 일'로 갈라진 나!

2

2등실로 했어. 사람들이 있어서 좋을 것 같아.
신우염에 관절염, 대상포진까지 겹쳤다고 하던데…….
결성 모임 다음날, 오후 쉬는 시간에 광주에서 온
전화를 받고, 나는 내 의자에 가만히 앉았다.
볼펜 쥔 손이 그저 책상 위 종이에 직선을 긋는 것을
왼손으로 어루만지는 통증이 흐르는 남은 눈으로 보고,

의식했으나, 수의 목소리가 뇌리에 흔들거린다.
직선으로 그려진 그림, 종이를 사무용 비닐봉투에 넣고,
그날 내 뒤 학생 주빈이 창립선언문이 든 빨간 보따리를
간신히 전한 성당에서 조금 떨어진 자취방으로 돌아갔다.

> 그저 그렇다. 이 말 말고 달리 말할 게 뭐 있는가? 도무지 똑같은 일만 있어야만 한단 말인가? 가난이 장사라 무소불위였다는 건가? 알 수 없다. 나를 안고 있는 그 사정이란 게 의식될수록 내 가슴에 지치도록 권태로 사무쳐 오는 것을.
>
> — 수감된 거리에 서면

자취방에서 그림 밑에 글자를 떨궈 갔다.
어두운 방, 고독을 떠나 어머니는 입원실로 갔고
스물한 살 때 나와 헤어진 형들은 9년째 감옥에 있다.
나는 매우 가벼운 몸으로 5년째 먼 곳에 다니고 있지만,
지금 눈에 통증이 흐르고, 마음이 혼탁하다.

3

12월 첫 금요일, 퇴근 시간이 된 후에, 2층 회의실에서
평교사회 창립대회를 진행하는 마이크 소리가 흘러오는
데,
주번인 나는 2층의 교무실에서 전갈을 받고 내려간다.
"내가 선생의 일에 방해되는 사람이라고 생각하는 건
아니지요?", "그런 사람이라고 생각하지 않아요."
탁자 앞 의자에 앉은 '그'와 소파에 앉은 나의 말소리가
흘러가, 나는 곧 퇴근했다.
나는 선생들하고 언덕을 내려가고 있다,
어스름 길에서, 서른을 거의 지나간 나는 생각한다.
언젠가 먼 곳을 떠날 테지만, 이제 수감된 거리에 서면
나는 불안한 눈, 가는 다리로 어디를 찾아가야 하나?

제2부

생의 프리즈

슬픈 방 1

"안채 사람들이 나갔단다. 무리가 되더라도 우리가
그 방들을 얻어야 할 것 같아야. 형들이 나오면
식구대로 잠잘 자리는 있어야 할 것 아니냐?"
88년 5월 중순의 토요일, 어머니는 우리들에게 매우
진지하게 자신이 인식한 상황을 예감처럼 털어놨다.
"얼마랍디여?"라고 나와 헌이 동시에 물었는데, 어머니는
열 달 사글세로 200만 원인 방값을
이상한 방정식 같은 계산법을 적용하더니
당장엔 120만 원만 있으면 된다고 설명했다.
"일단 들어가고 봅시다. 돈이야 구해볼 테니까요."
라고 헌이 곧바로 얘기했다.
나와 헌의 한 달 월급을 합쳐도 40만 원이 더 있어야만
해결될 수 있는 금액인데.
"다음주에 월급 나오면 방값으로 해요."
란 말에, 중 · 고 검정고시 후 대학생이 된 수는 다만
"그럼 제 형 생활비는 어떻게 하려고?"라고 표현했다.

5월 말의 토요일, 우리는 두 방으로 이사했다.

수가 이미 아침부터 짐을 날라다 놓은 터여서
내가 돌아와서 3면의 책장에 책을 정리했다.
움푹 들어간 그 방들 역시 햇빛이 거의 들어오지 않아,
책 정리를 하려면 불을 켜야 했다.
"방이 두 개가 되고 본께 넓어서 좋네!"
저녁에 들른 헌이, 도배도 못 한 방을 둘러보고 말했다.
하지만, 남의집살이하는 헌은 어머니가 차려준
저녁을 먹고 곧장 순천으로 가야 했다.
새벽 3시가 되어도 어머니는 일을 하고 있었다.
앞닫이, 30년도 넘게 어머니 곁에 둔, 어머니의 손으로
장만한 물적 재산 중 유일하게 남아 있는 것, 앞에 앉아,
자신이 가장 귀중하게 여기는 물건들, 즉 노트나 사진 등
형들과 관계된 물건들과, 내가 어렵게 다녔던 고등학교
모자, 아버지의 사진 등 과거와 관계된 물건을 차근차근
정리하여 앞닫이 속으로 차곡차곡 집어넣고 있었다.
"그만하고 쉬시지 그래요? 그러다,"
말만을 떨어냈을 뿐, '그러다 또 아프시면 어쩌려고……?'
라는 뒷말은 목구멍 속으로 넣어야 했다.

"알았다. 앞닫이만 정리해놓고 그만할란다.
피곤할 텐디 어서 자거라."
하여 나는 옆방으로 갔다.
그 방에는 조금만 누워 있다가 마저 정리를 하겠다던
수가 피곤했던 듯 코를 골고 있었다. 나는 잠들어 있는,
누나 아들 재연이 머리맡에 남겨둔 메모를 보았다.

어느 날 밤. 나와 할머니는 집회에 참석하기 위해 원각사 옆 광주은행 사거리에 있었다. 전국에서 온 대학 연합회 학생들과 시민단체와 시민들이 한데 어우러진 양심수 석방 집회가 열리던 그날, 어김없이 할머니를 따라나선 보호자로서의 어린 나는 그날 집회에서도 얼굴이 달아오를 정도로 최루탄 가스를 들이마셔야 했고, 그런 혼란과 긴장감 속에서 할머니는 없는 듯 존재하며 민가협 어머니들과 함께하였다. 어쩌다 한 번씩 두 아들을 위해 무엇을 해줄 수 있는 자리가 나오면, 그렇게 조용한 할머니도 〈성 엘모의 열정〉과 같은 열정을 토하셨다. 무대에 서서 말보다는 눈으로 호소하였고, 두 아

들의 이름을 부르면서 석방을 외쳤다. 그리고 항상 마지막 구호는 "양심수를 석방하라!"였는데, 이 구호는 말이 막혔을 때도 외쳤다.

그렇게 한 번씩 아픈 몸을 이끌고 집회에 나갔다 오면 적어도 보름씩은 앓아누웠다. 어디서 그런 힘이 나오는지…….

운동권에서 소문난 김치 맛 때문에, 양심수 기금 마련을 위한 일일찻집 자리에선 할머니는 빠져나올 수 없었다. 그런 날엔 접시와 그릇과 주방기구를 보자기에 싸가지고 나가셨는데……, 그렇게 해서 또 한 번 앓아눕는다.

벽 쪽으로 등을 기대고 앉은 나는 생각에 잠겼다.
'삼형이 소내에서 단식투쟁하다가 고문당했다는 소식을
들었을 때, 췌장염을 앓고 있다는 큰형 소식을 듣고서
면회 신청을 했지만 좌절됐을 때, 교도소 정문 앞에 누워
"내 아들 내놓아라! 내 아들을 보기 전에는
여기서 한 발자국도 못 간다."고 농성을 하면서

면회 요구 투쟁을 하여, 전경들이 끄집어내려고
달라붙고 했던 어머니! 할 일이 많이 생겨서 그럴까?
일을 해서 또 아프면, 아! 알 수 없다.
일을 할 수 있을 때 사람은
사람으로서의 존재 의미를 획득한다지만.'
아침, 어머니의 방에는 밥상이 차려져 있었다.
벽에 걸린 둥그런 시계는 10시가 되고 있고
텔레비전은 조그마한 고리짝 위에 놓인 채
흐릿한 화면을 보여주고 있었다.
"제 형, 엄마 방에 전화 놓을 생각 없어?"
식사를 하는 중에 갑작스럽게 수가 제안을 했다.
"다음 달에는 놉시다."
하고 오후, 그 방들을 두고 나는 목포행 버스를 탔다.
차가 굴러가고, 내 뇌리에 국민학교 6학년
재연의 메모가 채워졌는데
어느 결엔가 '방, 사람, 돈'이 내 머릿속에 어른거리더니
이내 변하여 '어머니 방, 전화, 돈'이 새겨져버렸다.

초대

학력고사를 열흘 앞둔 12월의 첫 화요일 나는
캄캄해진 항구도시 길을 두 사람과 함께 가고 있다.
"집으로 모시려고 합니다. 가서 식사도 하고요."
퇴근하는 나를 스탠드 갓길에서 초대해서.
여름방학 하루 전 '그 애' 집에서 생긴 일이 생각났지만.
"5 · 18 데모는 작년 비교고사 거부 데모와 의미가 다르지."
하고, "선생님?" 한 질감 품은 음색의 어머니 목소리와
소리 없는 사이와 방문 닫히는 소리가 내 귀로 파고든.
점심식사에 초대한 '그 애'의 방에서 곧 나와야 했던.
조심해야지. 생각한 나는 6년째 착용한 남색 수트 상의를
2층 찬웅의 방에서 벗고 책상에 기댄다.
넉 달 만에 대화로 우리들의 밤이 질푸르게 흐른다.
"대학 가서 운동을 하더라도 태도와 생각에 일관성이
있어야 할 것이다. …… 행동으로 …… 의미를 실어,"
흐르는 나의 말은 노크 소리로 중단되어야 했다.
소리 직후 들어선 사람, 방 안을 두리번거리는 모습.
'찬웅이 어머니일까?' 생각했는데
"애들 봐! 공부는 언제 할 거나? 대식이 너도

쓸데없는 이야기나 하려고 온 거냐?"

목소리 흘려보내더니, 방 밖으로 휙 사라져 버려

나는 심장이 뛰었다, 미안스럽다.

"그만 가야겠다." 해놓고 애들의 말에

곧 마음을 바꿔 먹은, 서른한 살이나 먹은, 나

대식이 간 후, 찬웅과 이야기를 나누나, 밤이 짙어간다.

창가 침대에서, 찬웅 어머니의 말이 뇌리에 맴돈다.

'파란 티셔츠의 낯선 가냘픈 아이로 보았을까? 초대받고,

학생의 방에서 문제아가 된 나. 나는 무엇으로……'

생각을 하며 밤을 지새워버린다. 나는

새벽 6시에 소리를 죽여 그 집을 빠져나간다.

오후, 퇴근하는 나에게 스탠드 갓길에서 찬웅이 전했다.

어머니가 선생님 말을 다 들어버린 것 같아요.

슬픈 방 2

— 방과 나

88년 5월의 어느 토요일. 직통버스를 기다리며 줄 서
있는 나에게는 한 생각이 흘러가고 있었다.
아무도 모를, '방과 나의 존재'에 관련한 생각이.
'방! 방은 사람이 돌아가 일상을 마무리하는 실내이지만
나에겐 방이 주로 바람과 바램과 슬픔의 사정들을
안고서 허덕이는 모습들로 푸접없이 다가왔을 뿐이다.
어머니는 우리들의 방이 두 개의 방이 되기를 소망한다.
그 두 방에서 형들과도 함께 살고 싶어 하는 어머니의
심정을 형들이 받아들여야 할 텐데…….'

나는 12월 어느 황혼 무렵에 광주행 버스 속에서
"지난 79년 남민전 사건으로…… 크리스마스……."
하는 갑작스러운 소리에 라디오 소리에 귀를 기울였다.
그날 저녁 나는 어머니를 찾아 그 소식을 알렸다,
그날 밤, 나는 열린 앞닫이 문과 앞닫이 속에서 나왔을
물건들을 만지작거리는 어머니의 모습을 볼 수 있었다.
어머니 곁에는 그 물건들을 담고 있었을
자주색 보자기가 펼쳐져 있었다. 아버지가 떠올랐다.

"피곤하실 텐데……."

"김장 담가둔 장독 있디야. 내가 그 큰 장독 속에다 짚숙이 숨겨놔서 요것이라도 남았제. 심새 항아리도 뒤지더라. 장독이 크고 김치까지 담아놔서 그랬는지, 다행히 고놈들 손이 짚은 데까장은 안 가더라만."

동문서답 같은 반응을 하면서도 어머니가 손길을 주고 있는 것은 10년 전쯤에 형들이 남기고 간 물건들이었다.

12월 20일 밤, 어머니는 청소를 하고 방에 이부자리를 가지런히 펼쳐놨다. 형들이 오면 쓸 거라고 10년간 농 속에 갇혔던 이부자리였다.

내게 더욱 애틋한 것은, 어느 가을 저녁 어머니가 손길을 주는, 마당에 놓인 나팔꽃 화분이었다. 그 화분은 그 저녁처럼 약간의 흙을 담고 있을 뿐이지만, 겉이 깨끗이 씻겨 있었다.

12월 21일 새벽, 어머니는 식구들을 깨우셨다. 누나와 잔디, 작은형, 나, 어머니는 아침이 다 된 때에야

철문에서 나오는 큰형의 모습을 볼 수 있었다.
하지만 우리의 소리와 모습을 알아차릴 새도 없이 형은
기다리는 다른 사람들 속으로 스며들어가 버렸는데,
한 시간쯤 지난 뒤에야 어머니 품에로 안길 수 있었다.
오후, 수와 함께 안동교도소에 갔지만 출감한 삼형을
만났을 뿐 남의집살이 일 때문에 헌이 순천으로 가서,
헌과 아버지를 제외한 우리 가족은 10년 만에
한 곳에서, 유동 슬픈 방에서 재회할 수 있었다.
10년 전 나를 광주피정센터로 데리고 갔을 때의 그 갈색
바지에다가 흰 고무신 차림을 하고서 돌아온 삼형은
아버지가 돌아가셨다는 것을 알고 몹시 비통해했다.
형들이 석방되면 잠이라도 잘 수 있어야 하니까 두 개의
방이 필요하다고, 우리들에게 털어놓으셨던
어머니의 바람은 형들이 가석방된 바로 그날에 바램으로
깨어지고 말았다. 그 두 개의 방에서 삼형이 이틀간
번갈아 자고 갔을 뿐……. 그 밤, 뜬눈으로 밤을 새우는
어머니의 모습이 애틋한 장면으로 내게 남았다.

큰형은 글 쓰는 일과 운동권 사람들을 만나야 할 일
때문에 집 근처 여관으로 갔다.
어머니는 형의 식사를 마련해 하루 한 번 여관으로 갔다.
"제야, 니가 고생 많았다. 몸이 이렇게 말라버렸으니.
우유랑 사과 세 개 사 와라. 우리가 먹으면 맛있을 거다."
하고 남주* 형이 천 원을 줬다.
'소년 같아. 사과 값도 모르고.' 생각하고 여관에서 나와,
나는 돈을 보태 89년 1월의 사과와 우유를 샀다.

그리고 세월은 그 두 개의 방에 나와 어머니의 모습을
뿌려대고 92년으로 흘러가 나를 아프게 했다.
심장과 눈이 아파 외출이 어려운 내가 빛이 조금이라도
드는 방으로 이사하자고 부탁했고,
어머니가 절름거리며 93년 가을에 박제방을 구했다.
방! 방은 사람이 돌아가 일상을 마무리하는 실내이어서.

* 김남주(1946~1994) : 시인.

그 애의 수첩과 선생님, 길

귀갓길을 걷는 나를 따라와 버스정류장에서 3월에

6일간을, 집 가르쳐주세요, 하고 내 손을 잡았다.

3월분 봉급으로 나는 4월에 자취방을 구했다.

시간은 6월항쟁 속으로 들어갔다.

'그 애'는 9월에 찾아왔다.

날 알려 하지 말고, 니 할 일을 해라, 난 내 할 일 할 테니까.

그러세요. 전 아버지한테 기술 배워서 목수 일 할 줄 아니까.

수상한데? 왜 이런 책을 보세요? 하던 아이가 타자를 쳤다.

타는 진달래*. 조여오는 압박과 갈등의 굴레에 아이들은 하나 둘 지쳐가고……

나는, 8월에 해직을 선택하여, 냉장고 없는 어머니가 있는 광주 셋집에 돌아갔다.

내가 생존을 위해 노조 사무실 알바를 하고,

대학 4학년인 '그 애'가 수첩에 선생님이라 쓰고 전화번호를 적었다. 그리고 입대했다.

다른 아이에게서 '그 애'가 병원에 있다는 소식을 듣고, 면회하는데

수첩을 뺏겼어요. 선생님 전화번호만 적혔는데, 누구냐고, 자꾸만 누구냐고, 고문을…….

내가 복직하고, 의자 공장에 다닌다는 '그 애'와 서울의 지하철에서 헤어졌다.

한 달쯤이나 지난 17년 전 메이데이, '그 애'가 떠났다고 전화로 전해졌다.

그를 기리려고 학교에 17년 전 심은 나무가 떠오르고,

'그 애' 얼굴이, 택시의 차창 밖에서, 흐르는 길과 밤의 불빛들 사이에서 흔들거렸다.

* 타는 진달래 : '더불어'의 핵심인 그 애(박재원 열사, 1971~2002), 서다윗, 김대호, 박광휘, 배상일, 이창석, 김현국이 박승희 등과 논의하여 1989년 5월 26일에 결성한, 고교생의 전교조 투쟁을 주도한 '자주교육쟁취고등학생협의회'의 9월 간행물.

4월 그 가슴 위로

오전인데, 교실의 아이들이 나하고 인사를 나누었을 뿐
말없이 앉아 있다. 4 · 19라 그런가, 란 생각이 들 정도로.
"오늘이 4 · 19인데, 내가 노래 하나 불러줄까?"
"예." 예전과는 달리, 짧게 반응했을 뿐 움직임도 말도
거의 흐르지 않은 조용함, 침울함을 1분쯤 느껴본 뒤,
나는 목소리를 흘려갔다.
"이젠 우리 폭정에 견딜 수 없어 자유의 그리움으로……
사월 그 가슴 위로…… 통일의 염원이여."
박수 소리가 흐르는데, "한 번 더 불러주세요."
하는 소리가 여러 곳에서 났다.
나는 다시 〈4월 그 가슴 위로〉라는 노래를 불러주었다.
"선생님의 잔잔한 목소리가 꼭 4월 그날로 돌아가
있는 듯한 기분을 슬픈 기분을 느끼게 했어요."
라고 다윗이 소감을 말했다.
밤, 나는 누워, 4월 그 가슴 위로……, 생각을 흘렸다.

"날짜는 안 치는 게 좋겠죠?"
재원이 작성한 글을 찬웅이 다 쳤음을 알 수 있었다.

"대호하고 창석이, 둘이 갔다 와라. 나랑 갔던 곳 알지?"
11시 반 대호와 창석이 돌아왔을 때 방 안에는 애들이 작성한 열두 장의 대자보가 접쳐져 있었다. 둘은 각각 천 장씩으로 묶인 복사물을 방바닥에 내려놓았는데, 곧바로 비슷한 양의 여섯 더미로 나누었다.
대자보를 여섯 장씩, 풀칠 도구 봉지를 하나씩 나누어 가방 두 개에 집어넣었다. 그리고 찬웅이 주의를 주었다.
"정한 대로 나하고 창석이, 대호는 3호 광장 위쪽으로 돌 테니까, 상일이, 광휘, 재원이는 아래쪽으로 돌아라."
그들은 조심하라는 나의 말을 듣고 방에서 나갔다.
나는 방 안을 정리하고서, 이불 위에 앉았다.
창! 창문 밖의 어둠, 그 속을 움직이는 사람들의 형태가 뇌리에 어른거리며 나의 마음을 쓰게 하였다.
'깡마른 상일이는 나처럼 아픈데, 괜찮을까?
일하는 사람이 많고 수시로 손님이 찾는 농집이어서, 아이들이 출입해도 괜찮을 거라고 방을 정했는데……'
새 자취방에서 생각하다가 성명서를 떠올리게 되었다.
더불어 살아가야 할 순수한 학생들이…… 소위 평준화

해제라는 악습을 반복하는……. 통일염원 45년 5월

참교육 실천을 위한 목포 고등학생 연합회

내 마음에는 그림자가 지고 있었다.

'성태는 오늘도 오지 않았다. 대호가, 목고련에서는 이런 문제는 나서기 어렵다는 입장을 취했다고 전해줬을 뿐.'

학교 비합법 조직인 '더불어'라는 이름을 내걸어서는 안 될 일이고. 해서 또다시 모임의 이름을 지어 성명서를 내는 행위를 하게 되었는데,

나의 생각이 깊어가 새벽 2시에 가까워지고 있었다.

상일과 창석이 2시 조금 넘었을 때 돌아왔다.

"찬웅이 형, 광휘, 재원이하고 3호 광장에서 헤어졌어요. 성명서는 대문이나 셔터 속으로 밀어 넣었어요. 대자보는 MBC 벽하고, 시장 입구, 학교 앞 삼거리, 교무실로 올라가는 계단 벽과 동쪽 출입구 벽에 붙였습니다."

20일, 아침 동쪽 출입구 안벽 대자보와 성명서를 보며 서 있는 학생들의 모습을, 그리고 교무실로 올라가는 계단 중간쯤 벽에 붙은 대자보를 뜯고 있는 선생의 모습을 볼 수 있었다.

오후, 목포역 광장에서 개최된 평준화 해제 반대
집회에는 교사 · 학생 · 학부모 등 2만여 명이 참가했다.

5월 26일 나는 퇴근 후 바로 2층 카페 세잔느로 향했다.
세잔의 그림 한 장 걸려 있지 않았지만 조용하고
아늑한 카페, 길이 보이는 창가에 자리를 잡았다.
대호가 6시 10분경에 현국과 한 아이와 함께 나타났다.
조직 자주교육 쟁취 고등학생 협의회를 결성했다고 하고,
"전교조 투쟁을 지원하려고요. 목고련이 말만 연합회지
학생회장단 모임체로 전락하고 말았거든요." 했다.
"일을 하지 않는다면 조직은 스스로 소멸할 것이다.
그런데, 너희 둘은 어떻게 온 거냐?"
상황을 파악하게 된 나는 화제를 바꾸었다.
"고교 운동의 방향과 방법 등을 들어보러 왔습니다."
미소를 짓는 현국의 얼굴을 볼 수 있었다.
자고협 학생들은 7월 7일 시내에서 데모를 했다.

어떤 고1 아이들이 6월항쟁 후, 친절하게 다가왔다.

'그 애' 재원이 자취방으로 찾아온 후, 대호와,
나를 아빠라고 부르는 창석을 데리고 왔다.
비교고사 거부 데모 후 대호가 성태를 소개했다.
2학년 땐 5 · 18 기념식 치를 권리 보장 및 직선제 학생회
건설 데모를 하여, 재원, 성태, 대호, 다윗이
정학을 맞은 후, 재원이 다윗을 소개했다.
나는 상일을 처음 만난 날 자취방에 데려갔고
상일은 팔씨름을 제안하여 져주었다.
내가 고등학생 연합회의 필요성을 밝혀, 재원, 대호, 성태,
창석이 주축이 되어 2학년이 끝난 날 목고련을 만들었다.
그리고 3학년 진급 후 재원이 광휘를 소개했다.
재원, 성태, 대호, 다윗이 '더불어'라는 학습 투쟁 조직을
만들었다. 자고협이 생긴 후 5월 말경
"선생님이 나의 의식을 구속해가는 것이 싫습니다."
라고 말한 후 성태가 나에게서 떠났다.
나는 8월에 해직되어 먼 곳을 떠났다.
다음해 봄, 점식이 찾아와 빛을 좋아하는 매우 가벼운
서른세 살인 나를 업고 가끔 광주 시내로 다녔다.

속보, 나의 길

— 존재함을 위하여

가지 않으면 길이 생기지 않는다.

5월 14일, 16명이 먼 곳에서 전남대까지 왔는데,

장학사와 교장과 교감이 정문 봉쇄로 길을 막았다.

나는 기어이 광주 · 전남 지역 노조 발기인 대회장으로 갔다.

5월 28일, 아침 7시경 대절 버스가 목포에서 떠났다.

오후 1시에 전교조 결성대회가 개최될 한양대를 향해서.

결성대회를 원천 봉쇄할 거라는 뉴스를 들었기에,

더욱 한양대로 가야 한다는 심정이 절실해서.

일로에서 전경이 10시를 넘길 때까지 길을 막아

광주 진입로에서도 길을 막아 12시를 훨씬 넘겨버렸다.

전남대 중앙도서관 앞 잔디밭에서 결성대회를 가졌다.

가야 하는데, "만세! 결성됐어!" 소리가 났다.

돌아가는 길에서 나는 뇌리에 '속보'라는 말을 새겨냈다.

6월 9일 김성진 등 전날 식당에 모였던 선생들은 모두

8시가 아직 안 된 이른 시각에 현관 앞에 도착했다.

결의를 굳히기 위해서, 만일의 경우를 대비하기 위해서.

곧 윤보현 선생이 교장실로 들어갔다.
교직원노조 먼 곳 분회를 결성한다는 뜻을 전하기 위해서.
점심시간이 되자 한 사람씩 조용히 4층 강당으로 갔다.
1시 20분경, 4층에서 교원노조가가 흘러나가기 시작했다.
흐르는 전주에 감흥이 일어나 나는 자리에서 빠져나갔다.
왼쪽으로 가, 팔을 흔들며 솟구치는 희열에 젖어
"살아 숨 쉬는 교육 교육민주화 위해 가자, ……."
대중에게 처음으로 노래를 선동하며 목소리를 쏟아냈다.
"교장으로서가 아닌 개인적인 입장에서는 교직원노조
먼 곳 분회가 발전되기 바라는 바입니다만……."이라고
아리송한 발언으로 우리들의 일에 끼어들어 왔는데……,
하루 뒤인 6월 10일에 전교조 전남지부가 결성되었다.

6월 17일 토요일, 학교 앞 삼거리에서 나왔을 때에,
1시 20분경에, 건너편 인도에 모여드는 선생들을,
그 20미터쯤 아래 전문대 쪽엔 차도의 전경을 보았다.
전문대가 목포지회 결성대회장인데.
밀고 밀리고, 어느 결엔지 내가 제1열에 서 있었다.
막기만 하던 전경이 교사들의 턱밑에 방패를 들이대고

뒤에서는 공권력을 무너뜨리려고 밀어붙이고,
견디다 못한 1열의 4인 스크럼이 풀어졌는데,
나는 방패에 오른쪽 손등을 찍혀버렸다.
피가 나고 등 뒤가 허전한데, 돌연 전경들이 내려갔다.
집회 예정 시간인 2시를 20분이나 지났는데.
교사들이 삼삼오오 흩어져서 집회장으로 가고 있었다.
전문대 정문 앞에서 '더불어'와 '자고협' 소속
낯익은 학생들의 "전교조 사수!" 하는 외침이 흘렀다.

6월 19일 월요일 오전 휴게실에 있는 나에게
"지회 결성 상황으로 미루어보니까 단위 학교에도 탄압이
올 것 같은데……, 앞으로 어떻게 대처하면 좋겠는가?"
하고 가야 할 길을 김성진 선생이 물었다.
"일단 미술실로 거점을 잡읍시다."
왜 그러느냐고 묻는 김 선생에게 설명했다.
"등잔 밑이 어둡다고 1층 교장실 다음다음 교실에서
일이 진행된다고 선생들이 쉽게 생각할 수 있겠습니까?"

7 · 9대회

7월 8일 저녁 7시, 전 조합원 32명이 학교로 돌아왔다.
1층인 미술실에서 전 조합원 긴급회의가 진행된 후,
합법성쟁취 범국민대회에 참가할 19명만 남았다.
"지금부터 출정식 겸 전야제의 시간을 갖기로 하겠는데,
우선 이 문건들부터 숙독해주시기 바랍니다."
김성진 선생의 말에 사람들은 행동지침을 숙독해갔다.
전원 연행 각오할 것, 상황에 따라 묵비권을 행사할 것,
소속 신분을 밝히지 말 것 등을 외우고,
출정식 및 전야제의 행사로 들어갔다. 토요일 밤 10시에.
불을 끈 미술실에 19명이 초에 불을 붙여 빛을 발산하기
시작했다. 19인이 자리에서 일어나 말없이 원을 그리며
빙빙 도는 움직임의 소리가 퍼져 흘렀다, 나는 마음 깊은
곳에서 정열과 각오가 솟구치는 것을 느낄 수 있었다.
"전교조여 영원하라!" 외침이 어둠을 뚫고 흘렀다.
도는 것을 멈추고서 우리들은 결의문을 낭송했다.
교사출정가를 부르면서 한 손에 촛불을 들고 한 손은
앞 사람의 어깨에 걸친 채 다시 원을 그리며 돌았다.

9일, 아침에 목포에서 출발한 대절버스가 휴게소에 닿자,
곧 나는 적힌 번호에서 숫자 하나씩을 빼 전화를 걸었다.
"여보세요?", "응, 어디냐?"
"한강 고수부지.", "알았다."
간단한 말로 삼형과 통화한 뒤, 쪽지를 버렸다.
12시 무렵에, 대열을 이룬 사람들이 발걸음을 재촉했다.
한강이 있는 곳으로 뻗은 내리막길로 막 들어섰는데
"제야!" 소리가 다가와, 뜻밖에 큰형을 볼 수 있었다.
"니 셋째 형은 내려가다 만날 게다.
나는 여기서 상황을 살필 테니까, 어서 내려가 봐라."
고수부지 내리막길 끝에서 삼형이 나를 불렀다.
"저쪽이다!" 삼형의 소리가 들리더니 마이크 소리가 났다.
나는 사람들이 뛰어가는 모습을, 윗길에 줄줄이 서 있는
전경차와 내리막길로 오는 전경들을 확인했지만,
뛰기 힘든 나의 가는 다리 때문에 나와 삼형은 걸어갔다.
마이크를 중심으로 원을 이룬 채 마이크 소리에 따라
"대동단결, 대동투쟁, 전교조 합법성 쟁취하자!"
하고 구호를 외쳐댔다. 전경들이 몇 겹으로 포위했다.

"와아!" 함성 후 구호를 외치며 중앙 부분에서부터
사람들이 땅바닥에 드러누웠다. 원형으로 누운 사람의
손과 팔뚝에 '참교육' 글자들이나 전교조 마크가 새겨진
천조각이 흔들거리는 광경을 목격할 수 있었다. 나는
"아악!" 하는 바로 옆 여자 소리에 고개를 돌렸다.
그러나 곧 나의 몸이 하늘에 떠 있었다.
전경 둘에게 붙잡힌 나, 전경들한테서 나를 빼내려는
삼형이 전경 둘에게 어깨를 잡힌 채 끌려가는 것을
볼 수 있었다. 나와 삼형은 같은 전경차에 실렸다.
출입문 바로 앞 가석방 중인 삼형의 뒷자리에 앉은 나는
고수부지와 내리막길에서 사람들이 끌려오는 모습을
창으로 볼 수 있었다. 전경 둘이 사람들을 비집고
안쪽으로 들어갔다. 그리고 곧 차가 움직였다.
"전교조", "퍽, 팍, 이 개새끼야. 주둥이 닥치지 못해?!",
"폭력", "퍽퍽" 하는 충돌의 소리, 구타하는 소리,
"우우- 전교조, 우우 전교조, ……."
하는 사람들의 구호 소리가 이어져, 상황은 순식간에
고조되었다. 우리가 폭력적인 전경의 기세를 제압했다.

"대동단결 대동투쟁 전교조 합법성 쟁취하자!",
이윽고 차가 경찰서 안으로 들어가 멈췄다.
경찰서 안마당에는 몇 대의 전경차와 연행된 사람들이
건물 입구부터 줄을 서고 있는 모습들로 채워져 있었다.
"당신, 어디서 사는 누군지 신분을 밝히시오."
"그런 말은 할 필요가 없다고 생각하는데요."
"당신이 경찰서에 연행되어 왔으니까 묻는 것 아니오?"

새벽 3시경 사람들은 다른 조그마한 실로 불려갔다.
종이를 나누어주며 자술서를 써라, 이름만이라도 쓰라고
요구해왔다. 쓸 수 없다로 대응을 했다.
그리고 11시경 나와 김재일 선생이 경찰서를 나왔다.
우리들은 서울에 추억을 남기자는 것에 의기투합했다.
사실은 역으로 오기 직전 가락국수로 배를 채워서
여비가 충분하지 못해서, 밤의 기차,
심신의 피로를 풀고 싶은 제일 느린 기차를 선택하고서,
밤, 어둠을 희미하게 제어하는 기차역의 가로등 빛이
흐르는 시간 철로 옆길을 걸었다.

일어난 일을 기찻길 옆을 거닐면서 주고받았다.
전화를 걸러 갔던 김종대 선생이 뛰어와
“오늘 아침에 전교생이 터미널에서 연행 교사 석방하라고
연좌시위를 했다고 합디다.” 밝은 목소리를 털었다.
“우리 애들이 싹수가 있어. 제 선생 생각할 줄도 알고.”
“통이 아주 큰 애들이란께, 터미널까지 간 걸 보면.”
김성진 선생이 말하자 강선 선생이 생각을 털어냈다.
“전경한테 저지를 당했는디, 학교 운동장에서 데모를
하고, 3학년들은 강당에 모여서 농성을 했다고 합디다.”
“1학년 때부터 3학년 때까지 데모를 안 한 해가 없는
애들 아니오? 고놈들이나 된께 터미널까지 간 거제라.”
김종훈 선생이 거들었고, 곧 열일곱이 기차에 올랐다.
시위하는 ‘더불어’와 ‘자고협’의 재원, 다윗, 대호, 상일,
광휘, 창석, ‘목고련’ 성태, 승직을 기차에서 떠올렸다.
2년 전 가톨릭회관 뒤편의 내 자취방에서
봄에 만난 김종훈, 9월에 만난 윤보현, 김성진,
가을에 만난 신재용, 그리고 지난가을에
카페 세잔느에서 만난 안용주 선생을 기차에서 떠올렸다.

단식 수업 그리고 철야 농성

"노조 가입 교사 단식 수업 및 교내 농성을 계획 · 실행하라는

본조의 지침이 내려왔습니다. 생각을 말씀해 주세요"

7월 11일 2교시가 끝난 쉬는 시간, 긴급 모임에서

윤보현 분회장의 말이 매우 실감나게 전해진 것 같았다.

"빨리 농성 체제로 들어가는 게 수라면 수제."

"아따, 마빡도 요런 때는 머리가 상당히 잘 돌아가네."

"허허, 그런께 마빡이제."라고

7 · 9 대회 참가자 김종대, 강선, 김재일 선생이 말했다.

분회는 11일부터 무기한 제2차 농성투쟁을 한다는 것과

단식 수업과 철야 농성 투쟁을 결정하였다.

정규 수업이 끝난 오후, 스티로폼을 구입해 바닥에 깔고

담요를 덮음으로써 미술실은 농성장으로 탈바꿈했다.

분회원의 역할이 배치되어, 김종훈은 상황 보고를 맡고,

대자보와 성명서를 작성하는 역할은 내가 맡아

미술실의 복도 벽에 대자보를 붙였다. 그리고 그날, 밤은

노래와 구호, 토론과 작업이 펼쳐지면서, 아침을 향했다.

13일, 점심시간엔, 미술실에서 사직서가 배부되고

김성진 선생이 설명했다.

"탈퇴 각서 분열 공작에 대응한다는 의미에서,
사직서를 한꺼번에 제출하는 전술을 택해라 합니다."

14일, 점심시간에 분회원이 한 사람씩 호출되어
교장실로 갔다가 미술실에 돌아왔다.
밤 8시경엔 교장이 수박 두 동이를 들고 들어왔다.
교장은 히죽 웃더니 말을 시작했다.
"나 한 도막 더 주라. 나도 니들 문제로 신경 쓰다가
오늘도 한 끼니도 못 먹었다."
"그러니까 멀라고 남의 일에 신경을 써요? 배만 고픈걸."
"박제 선생, 자네한테는 신경 안 쓸 거니까 걱정도 마라."
뜻밖의 자리에서 교장의 생각을 알게 되었다.
'걱정을 왜 해요?' 라는 생각이 스쳤다. 그런데 교장은
"신재용이도 보통 고집이 아니더란께. 죽어도 각서는
못 쓰겠다고 하니, 참말로 교장도 못 할 일이제. 헌데
어쩌겄냐? 위에서는 징계를 최소화하라니, 나도 그렇고."
심정을 털어보이고는 약간의 시간을 두었다.

15일, 마지막 수업을 하는 나는 20분쯤이 지났을 때

현기증으로 목소리 내기 힘듦을 느꼈다. 이내 휘청거렸다.
'안 돼.' 하고 정신을 붙잡고서 가까스로 교탁을 붙잡아
거기에 기대어 목소리를 내는 데에 안간힘을 썼다.
"화셜 셰종이라고 나왔었죠? 그런데 왜 홍길동전에 그런
말이 끼워져 있을까? 세종 때에는 한글도 만들어지고
측우기 같은 과학적인 기구도 만들어졌는데. 혹시
그 시대가 사회적으로는……, 헉!"
하고, 현기증으로 다시 비틀거렸다.
'안 돼.' 생각이 들면서, 5일째 단식하는 나는 왼손으로
바로 앞 학생의 책상을 짚었다. 전 학생이 내 목소리를
알아들을 수 있을 정도였는지는 알 수 없지만.
"선생님, 수업 그만하시고 좀 쉬세요."
"저희들끼리 자습을 할 테니, 의자에 앉아 쉬세요."
아이들의 마음과 모습이 가슴과 뇌리에 흘러들어 나는
수업을 중단했다. 교탁에 기대어 서 있는데 끝종이
들려왔다. 부축해주겠다는 학생들에게 걱정 마라는 말을
남겨주고서 힘없는 발을 한 발 한 발 움직였다.
지쳐 있는 내 몸이 나를 교란시켰다.
못 버티겠으면 단식 수업을 포기해야 할 것 아니냐?

안 돼! 단식 수업도 투쟁이니까!
정규 수업 시간이 끝난 오후, 긴급 회의가 소집되었다.
본조에서, 정부에 실체 인정과 대화를 요구했으며,
단식 수업 · 농성 · 집단사표 등의 투쟁을 잠정 중지하는
방향으로 투쟁을 전환한다는 뜻밖의 내용이 전달되었다.
분회원들은 토의로 들어갔다, 상황에 신속히 대처할
수 있도록 미술실은 농성장 상태로 놔두자고 결정했다.
20명에 가까운 조합원들이 무리를 지어 길을 걸었다.
5시 반경임에도 다소 열기까지 느껴지는 날씨였다.
"단식 수업 하느라 고생하셨어요. 목욕탕 가서 몸 푸세요.
저는 밤에 선생님 댁에 들를게요."
다리에 힘이 없는 내게 자취집 대문 앞 창석이 말했다.
탕 안의 거울 앞으로 가는 나를 사람들이 흘긋 쳐다봤다.
몸통은 갈비뼈의 윤곽만이 두드러졌을 뿐 배는 꺼진 채
가늘게 푹 들어가버린 허리가 있었다.
'흠! 가고자 하는 길을 가고 싶은데,
나의 육신은 이토록 나로부터 분리되어 사람들로부터
나를 분리시켜버릴 것만 같으니……!'
라는 상념을 스쳐 가게…….

8월 4일 8시 반경에 교장이 농성장 안으로 들어왔다.
"탈퇴 문제를 신중히 고려해봄이 좋을 것 같은데.
소낙비는 피해 가는 것처럼."
분열시키려는 의도라고 판단하여 나는 곧 반발했다.
"소낙비도 맞고 싶은 사람이 있을 텐데, 왜 자꾸 소낙비,
소낙비 하면서 남의 갈 길을 못 가게 막는 것입니까?"
"그런께 내가 아무한테나 피해 가라고 하더냐?
나도 인정이 있고 마음 쓰여지는 곳이 있어서," 하더니
"안 선생 탈퇴 문제 생각해봤어?" 하며 피해 갔다.
"탈퇴라는 말에 내 이름이 언급되는 것조차
저는 수치스럽게 생각합니다."
안용주 선생의 항변에, 교장은 다른 조합원을 찾아갔다.
열흘 후 나와 강, 4김, 신, 안, 윤, 9인이
먼 곳에서 직권 면직되었다.

바람에 종이 한 장

18일, 1급 정교사 자격 연수를 받으러 전남대로 갔으나,
전교조 가입 교사는 제외한다는 말을 들었으나
스스로 포기하고 싶지는 않아서 투쟁을 했다.
7월 21일에 돌아왔는데,
교무실 바깥 벽에 징계 의결 요구 사유서가 붙어 있었다.

89.6.19 이후 계속 2, 3층 교실 벽과 미술실 복도 벽에 정부 규탄, 교직원노조 탄압과 교직원노조 사수와 투쟁의 내용인 대자보를 부착하여 학생들의 89.7.7 옥외 집단 소요를 야기케 하였으며 이로 인해 당일 실시키로 한 1학기 말 고사를 실시 못 해 학사 일정에 차질을 가져오게 하였음.

10시에 분회원은 미술실에서 나와 복도에 정렬했다.
"대동단결 대동투쟁, 전교조를 사수하자!"
외친 뒤 앞사람의 어깨에 두 손을 얹은 채 줄을 지어,
비탈진 길을 거쳐 대회장인 파고라 동산으로 뛰어갔다.
8월 2일, 햇빛이 흐르는 대회가 진행되었다.
각 지역의 교사들, '공대위' 사람들, 민주 인사와

대학생들 등 외부의 사람들이 대회장으로 찾아들었다.
"와! 막아라! 막아!"
20미터쯤 떨어진 교문 쪽에서 소리가 들리더니
더욱 소란스러운 소리와 움직임들로 이어졌다.
결국 자가용 한 대가 들어와 본관 쪽으로 굴러갔다.
"부당 징계를 철회하라!"
구호를 외치며 학생들이 그 차를 따라 뛰어갔다.
대다수의 학생들은 교문 쪽에 남아, 지키고 있었다.
어느덧 11시가 넘어 있었다.
나는 몹시 흥분되고 긴장된 심정으로
두 장의 종이를 쥔 채 연단을 향해 갔다.
마이크를 쥔 나는 타지역에서 온,
내가 아는 선생들의 모습에 두근두근거렸지만
곧 종이, 내가 작성했던 성명서를 읽기 시작했다.
"부당한 징계를 즉각 철회하라! ……노조원과 비노조원
간의, 분열만 없으면 좋겠다고 분명히 표명했던 바,"
너무 긴장하고 흥분된 탓인지 갑자기 온몸을 전율하는
바람에 손에서 떨어져 바람에 날려가는

성명서 종이를 주워 와서 다시 읽어갔다.
"우리의 요구, 우리 전교조 교사를 부당하게 탄압 말라!"
"탄압 말라! 탄압 말라!"
"전교조!", "사수!", "전교조!", "사수!" 하고
앞사람과 뒷사람이 구호를 나누어 반복적으로 외치면서
앞사람의 어깨에 두 손을 얹은 채
교장실 옆 출입구로 뛰어갔다.
곧 맞닥뜨려진 것은,
교장실 옆 복도에서부터 출입구 현관까지 꽉 들어차
남학생 · 여학생이 점거 농성을 벌이고 있는 장면이었다.
"징계위원들을 못 들어오게 막았으니까
선생님들도 징계위에 참석하지 마십시오."
하고, 학생들이 간절히 호소해왔다.

나는 가볍고 손힘이 없어 손에 쥔 종이 한 장을
사람들 앞에 펼쳐 들면 자주 놓친다.
그런데 이날은, 힘없는 내가 펼쳐 든 종이를 놓쳐
사람들의 바람과 눈물과 희열로 파도쳤다.

꽃

강당엔 200명쯤 될 학생이 몇 그룹이 노래 연습을 하고,
한 그룹이 무대 작업을 하고, 한 그룹이 논의하고 있다.
9월이 온 날, 나뭇잎들은 푸르다, 강당 안을 휘둘러본
9인이 강당 앞 나무들 사이로 걸음들을 뿌리고 있다.
"어제 데모를 해서, 학교에서 붙잡고 있는 것 아닐까요?"
"어디라도 올 애들인데, 바로 옆에서 행사를 하는데……."
전날, 자취방으로 밤늦게 '그 애'가 찾아왔다.
새로 온 고문(古文) 선생의 수업을 거부하고 지난 시절의
선생에게 수업(受業)하려고 뛰쳐나간 3학년 '그 애' 반이
학교 앞 삼거리에서 전경들의 저지로 한 시간 넘게
농성 시위를 벌이다가 학교로 돌아간 사건을 전했다.
"수업은 해라. 너희들 자신을 위해서. 정 나한테
수업하고 싶다면 파하고 찾아오면 될 것 아니냐?"
6시경 행사가 시작되자, 9인이 강당 안
구석진 데에 자리를 잡아 앉는다.
왜 나는 무대에는 마음을 쏟지 못하고,
아이들이 나타나기를 바라는가? 내가 진실하지 못해서?
따로 굴러가는 생각으로 우울한 우수에 젖은 나!

애틋한 목소리가 귀를 파고들어 다시 무대를 본다.
캄캄한 실내, 무대를 비추는 조명. 무대 위에서 여학생이
'행복은 성적순이 아니잖아요' 유서를 낭송하고 있다.
슬픈 빛깔의 목소리를 흘려내고 있다.
'제자가 스승(해직 교사)께 꽃 달아 주기'가 진행되자,
9인이 슬며시 밖으로 나간다.
어둠, 8시 넘었을까? 말없이 정경처럼 서 있는 9인.
행사가 끝나서, 사람들이 와글거리며 쏟아져 나온다.
"그만, 갑시다." 소리. 따로따로 사람들 속에 스며든다.

전문대 교문을 벗어나 나는 홀로 인도를 걷고 있다.
달려오는 모습. 국민학교 1학년이나 될 남자아이가
"선생님이시죠? 꽃 받으세요." 꽃을 손에 쥐여준다.
"우리 엄마가 꽃을 달지 않은 선생님을 보면
꽃을 드려야 한다고 하셨어요. 선생님, 힘내세요."
"꼬마야, 고맙구나." 인사를 한 나는 길을 내려간다.
꽃. 빨간 카네이션. 잊지 못할 순수한 아이.
희한하다. 꼬마가 왜 날 선생님이라고 생각했을까?

생의 프리즈 – 절규*

70년, 중1 나는 짝 현기, 영주 · 상우와 새 친구가 되었다.
넷은 함께 외국영화를 보고, 공원으로 걸어가 놀았다.
중2에 진급하면서 가세가 기울었다, 태섭을 처음 만났다.
겨울에도 도시락 반찬은 갓김치나 고추장이었다.
빈 도시락인 날에는 점심시간이 되면 교실에서 나갔다.
겨울 낮에 돌아와 내 책상에 든 튀김닭을 보고,
태섭이……? 생각에 2주 전에 짝이 됐을 뿐이라 번민했다.
납부금을 독촉해서 며칠간 결석한 나를 담임이 불렀다.
뒷집 사는 친구 국민학교 1학년 때 짝 국주에게 권했다.
네 돈으로 공원 옆 양림동 헌책방에서 교과서 사주라고.
"됐어. 사줬다고 할 테니까." 걸어간 책방에서 말했다.
"집이 서울로 이사가. 너와 헤어지고 싶지 않은데……."
하면서 졸업식 날 현기가 1분쯤 남긴 슬퍼하는 눈.
나는 곧 돈을 벌기 위해 신문 배달 일을 선택했다.

여름 소낙비가 쏟아지는 어느 오후,
비를 피하려고 광주극장 입구 앞 공간으로 들어갔다.
거기에 서 있는 지 1분쯤 안에,

파란색 해진 교복 상의를 입은 고등학생 삼형,
학교에서 신으라는 검정색 스파이크를 살 돈이 없어
흰 운동화에 먹물 들인 중학생 헌,
육성회비를 안 내 교실 구석에 서 있었다는 국민학생 수,
차례로 들어왔다. 들어간 사람과 들어온 사람의
신문과 놀란 눈. 이상한 '빗속의 해후'!
비가 그치자, 넷은 그곳에서 갈 길로 걸어갔다.

가을 해 질 녘, 두 종류 신문을 배달하러 지름길 궁동 길로
걸었다. 다리 아파 길바닥에 눈길을 주곤 했다. 그러다가
그림자 하나가 길바닥에서 움직이지 않아서 본
고1 교복, 태섭이, 상대방을 응시하는 연민하는 눈.
'왜 그런 눈으로? 왜 그냥 가지 않고서…….'
그림자가 1분쯤 머무르다 바로 옆 골목길로 걸어갔다.
나는 번 돈으로 75년에 진학했다. 그러나 새해 1월에
눈을 다쳐 눈에 통증이 심해져 그해에 휴학했다.
다리가 점점 가늘어져 두 걸음을 걸을 수 없게 되자,
누나가 책을 읽어주고, 빵 배달 헌이 빵을 약 대신하라고

가져다줬다. 여름에 눈 하나, 정원의 칸나가 시들었다.
쌀이 떨어져 엄마랑 누나가 무등산에 정금 따러 가면
앉아서 모나미볼펜을 굴려보고 인생을 점치거나
아픈 눈으로 누워 벽 혹은 천장을 보거나 하였다.
병원에서 TOF라 판명하고 그해를 못 넘길 거라 했다.

"남은 건 내가 처리할 테니, 먼저들 가."
9월의 토요일, 1시경 북적거리는 항구도시 터미널에서
같은 배포조인 신재용 선생과 한 사람이 나와 헤어졌다.
'시민 여러분들의 격려를 부탁드립니다.'란 말과
지회 해직 교사 명단이 담긴 유인물을
줄 서 있는 사람이 받는 대로 전했는데,
나를 막을 듯이 불쑥 내미는 한 손.
먼 곳에서 만난 사람, 1분쯤 응시하는 동경하는 눈.
그 손에 유인물을 건네고, 걸음을 옮기며 생각이 스쳤다.
산다는 건 눈과 다리로 사람에게도 걸어간다는 것! 일까?

* Frieze of Life — The Scream : 에드바르 뭉크의 작품.

볼펜을 팔면서

10미터 간격의 책상에 '500원'이라고 쓴 종이를 붙이고
끈이 달린 참교육 세라믹 볼펜 500개가 담긴 박스를
열어놓았다. 2인 1조로 길가에서 장사를 시작했다.
"전교조 참교육 펜 사세요. 오백 원입니다."
사람을 부르는 9월의 소리를 내는데.
하지만 옆엣사람 해직 여교사는……. 아무 소리가 없어도
찾아와 주는, 그런 사람들도 있겠지만…….
그런데, 박스만을 챙겨 두 조가 한꺼번에 이동하는 모습.
30분만 하려면 왜? 상의 없이, 무슨 생각으로?
"그 사람들이 어디로 갔는지 찾아보고 올게요."
옆엣사람이 불쑥 말했다, 30분쯤 더 지난 2시에.
4시 조금 넘어, 달려왔다. 유치원생이나 될 남자아이가
책상에 올려놓는다. 돈, 은전 네 개와 동전 다섯 개를,
"아저씨, 이것 갖고 싶은데, 돈이 사백오십 원밖에 없어요."
또랑또랑한 목소리로 털어 보인 욕망을.
천진스럽고 귀엽다. 진지하고. 아이라서 그럴까?
"애야, 갖고 싶은 걸 골라 봐.", 빨간색?, "이거요."
즉시로 생각을 나타내면서 빨간 것을 목에 걸고는

"아저씨, 고맙습니다." 하여, 내가 본 장밋빛 얼굴.
이내 해직교사 5인이 사라졌던 방향으로 뛰어가,
아이의 모습을 잃어버린 나를 시간이 찾아왔다.

민청학련 사건으로 석방된 큰형이 아버지와 중학교 진학
직후 휴학한 막내와 서울로 갔다. 막내는 곧 봉제공장에
갔다, 나는 내가 번 돈으로 2년 만에 열여덟에 진학했다.
삼형이 고등학교를 중단하고, 여섯 식구의 생계를
해결하겠다고 돈 3만 원을 빌려 수박 장사를 시작했다.
여름 오후 수박 대여섯 동이가 든 고무 대야를
삼형이 계림동 오거리 길모퉁이 인도에 놓고 갔지만,
대야 앞에 앉아 있는 게 창피해 나는 상점 앞에 가 섰다.
사치스럽게도 수박 장사가 아닌 것처럼 섰다.
하나도 못 팔면 식구들이 수박 하나로 배를 채울 텐데,
거리에 날이 지네! 〈칼 요한 거리의 저녁〉* 같아 불안해.
부근의 구루마꾼들은 수박이 싸요, 500원, 외치는데,
왜 나는 이렇게 있는 것일까? 배가 덜 고파서 그럴까?
나는 아주머니가 대야 앞에 멈추는 것을 보았고,

"이 수박 주인 어디 갔어요?" 소리가 났다.
"제가 주인이에요." 조그맣게 소리를 내면서 대야 앞에 다가갔지만, 얼굴이 화끈 달아오르는 것만 같다.
"학생이? 장사가 말을 해야지. 이것 주게. 얼만가?"
500원을 받고 판 후에 야릇한 기분이 들었다.

바닥이 드러날 정도로 볼펜을 판 5시 반경에 그 5인이 나타났다, 한 사람이 그만하고 가자고 전했다. 그러고선
"어? 이렇게 많이 팔았소?! 그새?!"
"선생님은 장사에 소질 있는가 봐요."
그 여선생의 말까지 뒤따랐다.
길거리에서 한 장사지만 해직 교사들 생계와 관련 있다.
장사는 말을 해야 하고 물건 앞에 진지하게 있어야 한다.
생각이, 전문대에서 나와 걷는 나를 스치고,
빨간 줄 볼펜을 고르는 꼬마 모습이 뇌리에 어른거린다.

* Evening On Karl Johan Street : 화가 에드바르 뭉크의 작품. 불안 표현.

여행자와 천 원

어린 시절에 눈 하나가 시들고 철호와 헤어지고, 나는
지난해에 일숙직 폐지를 위한 설문들을 분석하다 남은
눈이 이상해 작업 후 사무실 사람들 도움으로 수술했다.
보태어 집세 내면 내 밥값 할 돈 3만 원이 부족하지만,
일을 하고 월 10만 원을 받는 곳이어서
2월 초에 사업 평가서를 건네줬는데, 노조 일 하고 싶은데,
나는 오늘도 사람이 싫어하는 사람이 돼버렸다.
오늘도 어머니가 내 머리맡에 놓고 간 천 원 한 장으로
아침 점심용 200원짜리 율무차 한 잔을 뽑아먹었을 뿐,
쌀이 없는 2월 하순인데 일을 못 하게 해 돌아가야 했다.
일과 알바를 구해놨다는데, 어떻게 살 것인가? 생각했다.

다방에서 "우리 집으로 가보면 알아요." 하여,
집시법을 위반해 얼마 전 석방된 찬웅을 따라
나왔지만, 나는 찬웅 어머니 생각에 불안했다.
"수감된 후에, 아들이 훌륭한 일을 했다는 걸 알았지요.
그 선생님은 어떻게 지내시냐고 이따금 물었어요."
아들을 의식화시켜 감방 가게 만든 불량한 선생일 텐데,

"안정될 때까지 찬웅이하고 지내세요." 말이 흘렀다.

나는 2월 말에 노조에 준상근으로 정리하고 목포로 갔다.
나는 찬웅, 호식, 대식, 정리와 함께, 찬웅이 입대한 후엔
인수와도 함께, 노동자들을 만나는 민중학교 일을 했다.
밤이 되면 꽃집으로 가, 나는 중1, 꽃집 작은 아이들과
함께 두 시간씩 공부를 했다. 주 3일은 그렇게 살았다.
"어떻게 사셔서? 뼈만 앙상하고 배가 너무 홀쭉합니다."
하고, 찬웅 아버지가 40킬로쯤 되는 나를 배려했으나,
4월 초부터 나는 유달산 아래 달동네 3만 원 달방에서
살았다. 아침마다 천 원으로 자판기 율무차 한 잔 먹었다.
월 10만 원 받아 교통비 3만 원을 쓰면 만 원이 남았다.

주 2, 3회 사무실에 갔으나, 8월의 넷째 월요일,
"나, 일이 바빠서 먼저 나갈 테니, 다음에 만나서……."
소리 후, 일을 기획하던 책상이 없음을 알게 되었다.
어리석어, 6개월 넘게 말이 단절되고 일에 소외된 나!
나 때문에 슬프다! 생각하고, 그만두겠다 말하고, 나는

거리를 헤맸다. 해 질 무렵, 유동 창 없는 방에서
"많이 야위었구나. 무슨 일 있었냐?"
"이제 돈을 갖다 드릴 수 없어요." 말이 흘렀다.
"니가 있어서 부담이 되는 것보다야…….
동에서 불우이웃이 됐다고 쌀 한 포대를 주더라.
내가 몸 성하면 남의 집 일이라도 할 테니……."
나는 부정맥과 어지러움을 느껴 누워버렸다. 어머니가
내 부은 가는 다리를 어루만지고 다시 절룩이며 들어와
율무차 한 잔을 건넸다. 약값에 충당할 돈이 없어서.
마감 뉴스가 흘러나오는 옆방으로 가 어머니를 바라봤다.
늙었다. 늙어버렸어! TV 화면이 흔들거리는데,
도움이 되는 소식이 다가가는 것일까?
그제 전추위 교사 해임 뉴스엔 슬퍼하셨는데. 생각하고
내 방으로 돌아가, 어머니의 신음 소리에 마음 졸였다.

9월이 온 날 나는 꽃집 아주머니, 민중학교 사람들을
작별했다. 밤 광주행 버스에서, 서른다섯 살 아픈 아들
가는 다리를 어루만지는 어머니와 흰 안개꽃을 생각했다.

장밋빛 인생

"성함이 어떻게 되시오?"

"말하고 싶지 않다는 거요? 혹시 당신이 리더? 맞소?"

성함을 계속 물었다. 서 있는 사람이, 무응답만을 듣고

있을 수는 없는지 쏘는 음성을 던지고, 안쪽으로 간다.

"나는 이상이오. 정보과에서 근무하지요. 몸 뒤질 마음이

안 생겨서. 성씨를 말해줘야, 대화가 될 것 아니오?"

부드러운 리듬의 말을 했다. 40대일, 깡마른 사람은?

"이런 관계로 만난 것만으론

성씨조차 말해주기가 어렵겠소?"

다시 부른 말은 이상하게도, 취조하다가,

30분쯤 전에, 그들이 식사하는 장면을 떠오르게 했다.

"연행된 사람들이 밥은 먹어야 하지 않겠어요?"

"말을 잘하시네요! 당신 말이 맞소. 뭘로 시켜드릴까?"

9개월 전 노조 사무실에서 평가서를 쳐주라고 부탁하자

'컴퓨터만 치는 단순노동자로 변해서 불안스러워요.

선생님처럼 논의 구조에서 함께하고 싶은데.'

한, 함께 연행된 해직 여교사인 정 선생.

"아까 식사하시던 대로면 되겠지요."

국밥 한 숟가락만 뜨고 동그란 의자로 돌아와 앉았다.
"식사를 못 하시던데, 당신 너무 말랐소, 간디같이."
낮고 작은 탁자를 사이에 두고 앉더니, 말을 부른다.
"당신 성씨가 뭐죠? 기억해두고 싶어서 묻는 거요."
기억? 퇴직금도 쌀도 곧 떨어질 텐데, 소외된 나.
활동을 잃어버린 박제, 서른다섯 살 나. "나는 박쥐요."
"성이 박씨고 이름이 쥐란 말이오?", "그냥 박쥐요."
과장 등 뒤 식사를 한 책상, 그 너머 흐르는 말소리.
"알겠소. 한데 며칠이나 굶은 거요? 나도 깡말랐지만,
박쥐 선생이 희한하다는 생각이 들어서."
곱상한 사람이 남의 삶을 궁금해한다. 착한 소년같이.
"십삼 일 굶었지요. 차 한 잔을 먹은 날도 있었지만."
"그래요?! 그런 상태인데도," 소리 뒤를 시간이 흐른다.

"무엇을 위해 대회에 참가한다는 생각이 들던가요?"

노조 운동의 어느 부분에라도 가 있고 싶었는데,
7개월째 말이 단절되고 일로부터 소외되어,
하는 일이 없어서 나는 실(室)을 나왔다.
심장에 이상이 생겨 다리와 발등이 붓는다고 진단했지만,
불우이웃이 되어 받은 쌀로 연명하고 있다. 하지만
"'오늘 참가하지 않으면 나는 잊혀진 사람이 될 것이다.'
생각이 들어 사람들에게 잊혀짐을 늦추기 위해서지요."
"일부러 잡혀준 것이라는 뜻인데, 박쥐 선생의 행동이나
생각하는 힘, 말이나 모습은 내 인생에 남을 것 같소."
인정이 많거나 스타일 흐르는 삶을 추구하는 사람 같다.
왜 이 일을 직업으로 하게 되었을까?

"아악! 왜 몸을 손대냐?", "이것 성폭행 아니여?"
소리가 안쪽에서 났다. 간 사람이 들어왔다.
"당신, 리더 맞지? 옷 벗기기 전에 신분증을 내시오."
내뱉고는 내 뒤로 가 바로 나를 들어올렸다.
"어이, 이 사람 빨리 걷어내!", "놔요! 놔!"
어렵게 몸을 빼내 나는 적갈색 잠바를 벗어 던졌다.

"가져가든가 뒤지든가 마음대로 하시오."
"그 잠바에 손대지 마시오. 나한테도 생각이 있으니."
소리에 두 사람이 그냥 나간다.
이 과장은 파란 티셔츠 속 나를 잠시 살핀 후 나갔다.

11월 초순 밤이 서울 이 경찰서에도 소리 내고 있다.
10분쯤 지나 두 사람이 한꺼번에 들어오더니,
내 옆에 의자를 갖다 놓고, 잠바에 손댄 사람도 앉는다.
"박쥐 선생은 무저항주의자? 간디 같소. 조금 전엔 왜?"
깨끗한 목소리, 맑은 눈동자, 미소가 나를 적셨다.
"당신의 말을 생각하고 있었기 때문이죠."
"심리를 잘 분석하시네! 한 가지, 견해를 듣고 싶은데,"
"요즘 대선 정세를 어떻게 생각하느냐는 거요."
잠바에 손댄 사람이 서둘러 말을 부른다.
"내 개인적인 생각만을 듣고 싶다면."
"좋아요. 방으로 갑시다." 서두른 사람이 서두른다.
나는 방에서 졸음이 올 때까지 그들과 대화를 했다.

귀가 후 92년이, 아파 활동을 잃어버린 나를 흘러갔다.

방과 돈과 일. 삶이란 무엇일까? 나는 장밋빛 인생일까?

—그 [illegible] 아래 한 거리에서, 빛을 그리워하는 [illegible] 산. 삶의 [illegible]
[illegible]렇게나 내버려지고, [illegible] 나에게 해야 할 말과, [illegible]

제3부

시간의 색깔은 자신이 지향하는 빛깔로 간다

[illegible] 나를 말하고 싶은 마음이 자주 있었는데, 시간의 색깔은 자신이 지향하는 빛깔로 간다 [illegible] 어느 날에 시간은 내게 이런 사연을 새겨 나를 [illegible]
[illegible] 가 있게 했었는데. 그리하여 21세기에는 살아갈 빨간 장미를 품은 채 시 나를 '삶'이라는 굴레로 스쳐갔었는데 요즘 나는 남아버린 창백한 인굴

별이 빛나던 밤이 흐르는 병 속의 시간

1

서울 경찰서에서 돌아와 1년 4개월째 되나
아직 병이 남아 있다. 그러나 어머니가 슬픈 눈으로
"복직을 안 하면, 어려울 것 같다." 말 한 때문에.
3월 2일, 석장리로 갔다. 7시 출항할 철선이 흔들린다.
첫 출근을 할 수 없었다. 폭풍주의보 발효 때문에.
다음 날, 나는 불안하나 다시 4시에 광주에서 동승했다.
거의 다 와서, 비 오는 캄캄한 공간을 붕 떠서 날더니
나무에 부딪치고 바로 밑에서 나는 파도소리.
어머니의 말소리가 들렸다.
"니가 두 번이나 꿈에 차가 바다로 빠져버려서
불안하다고 했는디, 천만다행이지."
3월 중순에 나는 완도항에서 배를 1시간 10분 타고
섬에 갈 수 있었다. 다리를 약간 절며 틀니를 끼운 채.
말도 제대로 안 나오는 사람으로 교단에 돌아와
첫 출근, 첫 수업을 하였는데…….
'밖으로 나가야 한다.' 이틀간의 상황 분석에 따라,
첫 봉급을 탄 돈으로 후문 앞에 길갓방을 빌렸다.

며칠 후 언덕길에서 민중상회라는 간판을 발견했다.

"소안도가 옛날에는 독립운동을 했던 땅인디,

이제 형님이랑 나랑 일을 확실하게 해 나갑시다."

4월, 교무실 소파에서 큰 소리들이 나더니,

같은 학교 해직 안용주 선생이 다가와 섰다.

"그래도 나는 해직까지 당했는데……."

가을, 따사로운 오후.

국어 수업할 학급 생각을 하면서 계단을 올라갔다.

학생들이 의자를 들고 책상 위에 서는 벌을 서고 있다.

"담임이 선생님 사는 방에 가지 말라고 했어요."

2

안 선생이 1년 만에 섬을 떠났다.

중3이 되어서도 영태와 학교에서 가장 작은 치열이가

고동을 따다 주거나 바다낚시에 나를 동행시켜주었다.

캄캄한 밤에는 치열이가 업고 돌아가기도 했다.

분홍색 바지, 진홍 티셔츠, 가늘고 가벼운 청년을.

동행한 날 영태가 맛을 캐, 그 부모가 점심을 대접했다.

'말없이 수업하는 애들인데, 나에게 바다생물이나
낚시에 대해 아는 것을 전하는 걸 보면,
다른 선생들에게는 말로 표현할 길을 자제해왔겠지.'
그러나 바람소리. 휙휙 쉭쉭. 학교의 후박나무를 치면서
노끈으로 건 문을 바람이 덜그럭 덜그럭 건든다,
비를 동반한 태풍에 일찍 귀가했으나, 문을 열어버린다.
우산을 쓰고 나간 나를 붕 띄워 날려버린다.
학교 담에 부딪쳐 나를 떨구는 바람에
내가 100미터쯤 기어서 돌아온다.
노끈을 매 문을 닫았지만, 무서워서 잘 수가 없다.
그 후 두 달을 광주에 가지 못해 내 몸이 시들었다.
박 씨 아저씨가 찾아와 나를 데려가 며칠간 보살폈다.
95년 가을비 오는 날 저녁. 노크하는 소리.
빗길에 그릇들을 들고 수줍어하며 영태가 서 있다.
"이게 뭐냐?"
"반찬 없잖아요! 주의보 내려서 집에도 못 가시고."
영태는 문 밖에 내리는 비에 심정을 실었다.
"엄마한테 말하고 가져온 거냐?"

"예." 소리 뒤 영태가, 파란 우산이 빗길로 달려간다.

3

그 할머니가 다가오더니 민중상회로 들어가자고 권했다.
"오늘은 제가 한잔 사드릴랍니다. 우연찮게 선생님의
사연을 들었는디, 남 일이라지만 안타까워집디다."
술자리에서 나와 1996년 6월 말경의 10시가 넘은 밤,
언덕길을 걷고 있다.
39살 나는 청년 시절이 사라져가고 있다,
말할 곳이 없다. 내가 왜 이렇게 살아야 하는 건가?
나는 별 아래 어두운 언덕 마을을 지나 학교 아래
방파제에서 호리병 같은 섬, 파도, 바다를 본다.
'별이 빛나는 밤'* 회오리치는 밤, 지금 더 갈 데가 없다.
전화 울리는 소리. "밥은 먹었냐?"
어머니 목소리를 오래도록 흡입하고 싶다. 밥이 아니라
술을 먹었음에도 "예."라고 말해버렸지만.
"뭣보담도 니 약 땜새 걱정이다. 옷도 문제고.
니 김치도 담아놨는디. 바람이 말도 못 하게 불지야?"

내게 불안을 일으킬 정도로 바람이 불면 나는
광주 가는 걸 포기하고 소안, 편안한 곳에 남는다.
바람은 귀에 몸에 형체로 다가와 내 바람을 무너뜨린다.
"박제 선생 같은 선생은 본 적이 없어. 이 씨도 말했지만.
우리도 사람 보는 눈은 있어. 우리 같은 사람에게도
찾아와주는. 그런데 고민 있으셔? 살이 너무 빠졌어."
순수한 심성을 쏟아줬다. 11월 석양에 찾아온 사람에게.
박 씨 아저씨는 겨울엔 일이 없어
산에서 해 온 나무로 불을 지피고 살아가는데.

병 속의 시간*이 흘러 섬을 떠나야 할 즈음에
나는 이르러 있다. 내가 소안(所安)에서 한 일이
글쓰기와, 민중상회 주인과 논의한 소안 배 확보를 위한
탄원서 작성과 서명운동에 불과한데.
'순수한 사람에겐 고통이 없어야 하는데…….'

* The Starry Night : Vincent van Gogh의 그림.
* Time in a Bottle : Jim Croce의 Folk rock(1972).

침묵 수업

선생님의 가벼운 몸을 안쓰러워하거나 생각을 물어올 정
도로 애들이 가까이해주는 시간이 누적되었다. 그럼에도

"선생님, 설명은 필요 없어요. 그냥 답만 적으면 돼요.",
아이들이 요구했다, 중2 교실의 칠판에 적어놓은 언어
영역 문제들에 대한 선생의 설명을 거부했다.
무엇 때문에 학교에 온 거지? 애들이나 나나. 생각했다.
"설명은 필요 없다고?"라고, 96년 4월에 물었다.
"예, 설명하지 마세요. 나중에 자습서 보면 되니까요."
"그러면 나는 칠판에 문제만 적어주면 된다 이거죠?"
"예, 그냥 문제하고 답만 적어놓으세요."
"알았어요. 정 원한다면 앞으로 나는 적기만 할 테니까,
자습서를 보든 뭣을 하든 알아서 하세요."
나는 더 이상 말을 하지 않았다.
단지 시간이 흘러 그 수업이 끝나고 말았을 뿐.
다음 날엔 그 교실에서 인사도 주고받음이 없이 나는
칠판에 적기만 했다. 선생이 교실에 들어오고 20분쯤
흐른 동안 주위 사람들하고 이야기를 주고받는 말소리는

점차 사라져갔다. 애들도 적기는 했을 테지만.
그 다음 날에는 선생과 애들이 적는 행동을 의식적으로 했을 뿐 교실 사람들 사이엔 아무런 말이 오감이 없었다.
그리고 그러한 상태로 4일이 더 지나갔다.
애들은 어떻게 해달라거나 어떻게 하고 싶다는 말은커녕 다른 어떤 말도 꺼냄이 없이 국어 시간에 문제와 답만을 적어놓고선 그저 앉아 있을 뿐이었다.
8일째 되는 날 마침내 내가 입을 열었다.
"자습서들 보고 있는 거죠?"라고. 애들은
"아뇨, 처음엔 보려고 했지만 재미가 없어요."
"잘못했어요. 선생님 말씀 잘 들을게요. 설명해주세요."
"선생님이 말을 안 하시니까 무서워요."
와 같이 자신의 심정을 털어놓았다. 그리하여 나는
8일 만에 선생으로서의 설명의 말을 해가게 되었다.
내가 만일 당면한 상황에 대한 애들의 인식을 정확하게 알지 못한 채 무엇을 하라고 요구하거나 명령한다면, 대개의 애들은 선생(의 말)이 무서워서 그대로 하려고 할 것이다. 그들에게 분명히 자기 나름의 판단이 있음에도.

유동 뷰티

소안 배 확보 운동을 하고, 96년 9월 첫 토요일,
주의보로 인해 2주일 만에 유동에 올 수 있었던 39살
37킬로인 아픈 나에게 어머니가 절룩이며 속삭였다.
"아야, 어쩌면 좋겄냐?
집주인이 오만 원을 얹어주라고 하는디.
내 생각에는 니 통장에서 이백만 원을 빼서
눈 딱 감고 갖다주는 것이 좋을 것 같다마는……."
'이백만 원? 그렇다면 그 돈어치만큼을 전세로
해달라고 사정을 해 보겠다는 것인데,
통장에 그 돈이 월급이 남아 있다는 건가?
다시 돈을 벌어들이게 된 지가 2년 반이 되었는데…….
하지만 살아가야 하지 않은가?
나는 돈을 벌어들이게 되었지만,
어머니는 돈을 벌 수 없는 몸이 되고 말았는데.
비밀스럽게 털어 보인 어머니의 마음인데.'
하는 생각에 39살 37킬로인 고독한 나는 잠시나마
나의 말을 기다리고 있었을 어머니에게 대답해주었다.
"그렇게 하세요."

시간의 색깔, 길

내가 어울려본 적 없는 네 사람이
흡연 구역 탁자에 둘러앉아 바로 뒤편에서 대화하고 있다.
고독하다. 시골에서. 사색하는 40세 사내로 살고 싶은데…….
낮, 6월 비 빗발치는 젖은 송지, 흐르는 담배 연기를 내다보며
청회색 수트 내가 창가에 서서 생각하는데
노란 밀짚모자, 허드레옷, 날씬한 사람이 가까워진다.
담배를 가장 멋있게 피우는 사람이군요. 인생을 생각하시나요?
예? 소리를 반사적으로 냈지만,
교장 선생님, 비 오는데? 비 맞고 왜 거기 계셔요?
최와 정의 소리가 따르고, 네 얼굴을 창밖에 내민다.
밭에 갔다 오다가, 담배 피우는 모습이 하 멋있어서…….

7월이 되려고 색깔을 바꾸어가는 석양을 잠시 길에서 보고,
파란 중절모 나는 광주의 카페로 들어갔다.

〈띵크 트와이스〉, 60년대 팝송이 카페와 내 뇌리에 흘러 갔다.

다섯 사람으로, 조합원으로 만난 게 22년 전이어서
22년 전 함께한 추억을 10분 가량 공유한 다섯 사람이
다시 다섯 사람으로 만날 날을 바라고 밤에 훌훌 떠났다.
정은 전국의 산에 다니고 싶다 했고,
박은 농사일을 계속 하고 싶다 했고,
차는 외국에서 몇 년 살고 싶다 했고,
최는 퇴직하면 이층집을 짓겠다 했고,
나는 시를 짓고 싶다 했다.

시간의 색깔은 자신이 지향하는 빛깔로 간다

—그 얼굴 아래 한 거리에서, 빛을 그리워하는 마흔두 살,

요즘 나는 그저 아무렇게나 내버려지고 싶었을까?
나에겐 해야 할 말과, 삶의 흔적이 많아져만 간다고
나를 말하고 싶은 마음이 자주 있었건만.

시간의 색깔은 자신이 지향하는 빛깔로 간다
문득 어느 날에 시간은 내게 이런 사연을 새겨
나를 청춘이 발하는 것으로 가 있게 했었는데.

그리하여 21세기에도 살아갈
빨간 장미를 품은 접시
나를 '삶'이라는 굴레로 스쳐갔었는데

요즘 나는 남아버린 창백한 얼굴
갈라진 나뭇가지 같은 다리를
내 삶의 흔적처럼 끄집어간다.

가난한 남자의 파란 춤*

2월 금남로 거리의 저녁을, 군중 속을 셋이 거닐었으나,
그는 떨어져 걸었어요. 〈칼 요한 거리의 저녁〉 같았죠.
그는 청회색 수트, 빨간 남방을 입고 있지만, 섬세한
손가락으로 투명한 잔을 들어 소주 한 잔을 마셨을 뿐,
형광등이 박힌 안경, 눈이 술집 창밖을 이따금 보았어요.
글에 등장하는 그의 제자, 열 살 위 오빠가 글 밖의 그를
말해줬죠. 스무 살 나의 잔에 술도 따랐어요.
한데 취기가 올라와서 밤 불빛, 오빠를 따라갔어요.
바로 방문을 잠그고 어지러워 누워버렸죠.

5월, 빨간 장미꽃이 핀 송지 숲가를 빨간 티셔츠를 입은
산책하는 사람, 빼빼 마른 몸, 고독한 우울한 표정,
철학자 같은 이미지. 호기심이 생겼어요.
그는 서정리에 사는 나를 "빨간 장미 같다." 했지요.
그러나 어느 순간부터 인생의 상담을 위해 찾았고,
날씬한 그의 생활을 알고 싶었어요.

그의 글을 본 건, 처음 만난 작년, 6월이었죠.

타인에 의해 소외된, 절망적인 삶의 고통, 비애를,
자신의 의지로 어찌할 수 없는 일들이 일어남을, 봤어요.
주인공은 적극적인 행동을 하는 운동하는 사람이었죠.
마흔한 살인 그에게선 보지 못했던. 불안했어요.
이야기한 뒤 항상 뭐가 뭔지 모를 생각으로 가득 찼죠.
그분의 낯선 생각. 내 상황이 너무나 혼란스러웠어요.
그의 색깔이 너무 강해서 빠져나가려 했죠.
그렇게 그 만감들의 의미와 가치를 생각하게 되었어요.

아침 햇살에 일어나 책상 위 녹음기를 눌렀어요. 흐르는
가난한 남자의 파란 춤! 여름날의 굵은 소낙비가 아닌,
늦가을의 파란 비가 연상되는 것은 무슨 이유인지.
시간의 색깔은 자신이 지향하는 빛깔로 간다.
세상을 보는 그의 눈. 나를 어떻게 생각할까?
나는 떠나지만 그는 내 시절 속에 살아 있을 거예요.

* Poor Man's Moody Blues : Barclay James Harvest의 Progressive rock(1977).

노란 티셔츠

서영과 아련이 쉬는시간에 교무실까지 쫄쫄 따라다닌 봄,
교실 초록 게시판엔 위에 '동물농장' 글자만 붙어 있다.
학생으로서 해야 할 일을 하면서 자유로워야 한다.
남학생들 청소도 안 하면 나도 마음대로 하겠어.

광주에서 버스를 타고 내가 도착한 1시에
교문 앞에서 아이들이 비를 맞고 울었다.
스승의 날 행사가 끝나 학교가 파해서.
선생님, 우리들이 잘못했어요.

형님, 애들이 교실에 한 명도 없어요.
함께 천 원짜리 통일호로 통근하는 선생 재명이
여름 1교시가 진행되는데 교무실로 와 나를 부른다.
핸드폰들을 꺼놨다. 점심시간 되자 1반장이 나타난다.
방황하고 싶을 땐 해라 하셨잖아요? 모두 피시방 갔어요.

교실 컴퓨터를 켜자 보디빌더가 된 내가 뜬다.
꼬마, 날씬한 승철이가 합성했어요. 영심이가 밝힌다.

반단합대회를 몇 달째 해서, 저녁식사 하고 노래방 가고
찜질방 가서, 남자애들은 내가 깡말랐다는 걸 다 아는데.
살아간다는 건 사람과 무엇을 함께하고 싶어함일까?
요녀석! 꽃미남 승철이 미소한다. 파란 가을이다.
밴드가 꿈인 재윤과 두 명을 자율학습에서 빼주었다.

전날 여섯 명이 자율학습 안 하고 갔다고 부장이 말해서,
나=거지! 사람 슬프게 하지 마! 그냥 집에 가.
칠판에 쓰고 나가는데, 가을, 10월 아침이 흔들거린다.
착한 선생님, 선물이에요. 제일 작은 거죠. 노란 티셔츠.
다음날 2반장이 말하더니, 보라색 와이셔츠 위에 입자,
하루 네 명만 집에 갈게요. 한다.
약속 지키면 겨울 방학 하는 날 선물하겠다.

약속대로 만 원씩 31만 원, 2반장, 받으세요.
와! 통통한 승철이 청소 끝나고 팔뚝 근육을 뽐낸다.
남자애들이 교실 안 농구 골대에 볼을 넣으려 한다.
은자가 동목포역에서 마흔다섯 살 선생을 배웅한다.

카페, 가난한 비 밖

— 40대의 말에 내리는 밤비

역으로 가는 사람들, 백화점으로 가는 사람들,
길 위의 사람들, 검은 차들, 간판들, 가로수들, 가로등들,
그리고 길과 장면들이 젖고 있다.
신음과 그르렁거리는 숨결이, 전당포 같은 어두운 집에
올 시간을, 목소리를 기다릴 테지. 빗속에서
어디론가 길을 걷고 있어 나는 조금씩 슬픔이 없다.
그렇지만 반팔 초록 남방 나는 역으로 갈 생각은 없다.
〈없어지니 좋네〉*라는 노래를 좋아했던 젊은 사람이
역에서 헤어질 때, 아프게 살아와, 삶이 슬프다고
저를, 저의 삶을, 기억하지 말라고
토막토막 목소리 토하고는 언젠가 죽기도 해서.
40대의 말에 6월 밤에 내리는 비가 비가(悲歌) 같다.
우산을 쓴 사람도 있지만, 누구나 조심해야 할 것같이
여러 갈래로 쪼개져버려, 가난한 비가 내리고 있어.
빗속에서 빗소리를 듣고 새겨졌다.
팔순 노파가 신음하는 모습이 젖은 내 모습과 뒤엉켜
가로수들 가로등들 차들 앞, 백화점의 마네킹이 갇힌
쇼윈도에, 건너편 2층 스토리 카페의 유리창에

부딪치고 있다. 죽음이 곧 올 것같이.
죽으면 목소리를 들어줄 사람이 없는 나는 어디에?
곧 없어질 듯한 사람의 목소리와 시간을 피해 내가
밤비 내리는 길을 걷고 있다. 아무도 모르게.
그렇지만 노파, 즉 어머니는 내 새벽 식사를 준비하고,
나는 돈밖에 해줄 게 없어 순천에 가 아침 하늘을 본다.
나는 나 때문에 점심식사를 하지 않고
피로회복제 한 병 사 먹고 율무차 한 잔 뽑아 먹는다.
퇴근하여 비틀거리며 집에 들어오면
고양이가 마당에서 식사하고 있고, 어머니는 누워 있다.
아침에 출근 버스에서 내리면 발에 힘이 없고
눈이 감기곤 하여 건물 벽들을 손으로 짚고
간신히 걸어간다. 발길 흔들거리게, 얼굴 흐릿하게,
밤이 흐른다, 빗속에서. 말없음 곁에서 시간이 아프나
젖은 길에 비가 내린다. 40대의 말에
목소리를 잃을 것 같은 시간을 피하고만 싶은 내게!

* Good Riddance(Time of Your Life) : Green Day의 rock.

레인, 감청색 그 청년

12월 비가 유리창에 탁 탁 소리 내어 나를 부르고
추적추적 금요일 새벽 4시로 흐르고 있어요.
흐르는 비에 내 이미 그리움이 진해졌어도
다시 보고 만 것은 유리창으로 밖을 보고 있는 갈망.
레인! 나는 캄캄한 새벽, 비에 한 시절을 태우고 있어요.
레인, 감청색 그 청년은 새벽 비 내리는 소리 들을까?
빗소리를 들었어요? 예, 비 내렸어요. 한마디를
얻은 나는 말이 많은데, 누구를 사랑하다 잃었을까?

내가 배를 깎아 책상 위에 갖다 놔도
감사합니다, 한마디뿐 손대지 않고, 감청색 수트
쉰 살 청년이 비스듬해진 얼굴, 지긋한 눈길을 건네네!
수줍어 나는 연상의 처녀가 되었어요.
사랑한다는 말을 할 수 없어, 2주 지난 금요일 오늘
김장김치 양동이가 전해지는지 터미널에서 숨어 봤어요.
레인! 나, 시간의 색깔이 그 청년과 따로 흘러갔네요.
먹을 것이나 챙겨주는 일을 또 드러냈네요. 짝사랑에
반환이 없으므로 자선도 아닌 나의 희한한 갈망을!

빈집
— 시간의 색깔은 자신이 지향하는 빛깔로 간다

꼭 전해드려요 해서……. 사랑한다는 말을…….
남 선생이 전했는데, 버스 앞 양동이에 김치가 가득하다.
"어떻게 가지고 온 거냐? 이 많은 김치를!"
"밀고 쉬고 해서. 기사가 도와줘서. 선생님이 줬어요."
금요일 밤 어머니가 큰 대야 앞에 앉아, 내 가는 다리
때문에 소금 안 넣은 김치를 김장하다가 안쓰러워했다.
"고마운 사람들이구나. 참, 아야, 은행에서 삼십만 원을
찾았는디, 어디 둔지 모르겠다."
"그래요? 더 많이 찾아 쓰세요." 했는데 불현듯 스쳤다.
힘없는 쉰 살, 소외된 사람을 왜 사랑하려는 걸까?

나흘 후 크리스마스 밤에 어머니가 쓰러졌다.
박스에 검정콩 두유가 두 개 빈 그대로다.
새벽에 겨우 말한다. 불안해서 막내에게 출근 전
전화하여 입원 부탁했다.
병원의 눈길 걸어 유동 방에 돌아왔으나 잠 못 이루고,
연말 출근길 겹쳐 보이는 순천의 블록보도
마음대로 걸을 수 없어 벽을 짚고 학교로 향한다.

어머니가 의식이 없다. 사랑하려는 사람이 있으나.
여자에게, 그리움만 남기겠어요, 전했다.

4년간 점심식사를 하지 않은 순천을 떠나야 할 나,
20일 넘게 밤의 소리가 마루 앞 방문을 열 것 같아
무서워 밤에 못 잤다. 땀 나고 눈 아프고 가는 다리가
가늘어져 걷기 힘든 빈사의 몸을 병원에 맡기고
혼자 공존을 도모하고 사흘 만에 퇴원했으나,
어머니가 의식이 없다.
있나 봐! 있나 봐!
너, 너 너의 걷는 모습 고이 간직해 (있나 봐!)
이루어질 때까지, 이루어질 때까지
대출을 하여, 20개월 밀린 월 20만 원 방세를 내고
어머니가 잃어버린 돈 30만 원을 방에서 찾고
빈집 두고 2월 말에 아파트로 이사하고,
버스로 목포로 통근하고…….

의식 없이 15개월을 넘긴 어머니가 식목일 오후에

간신히 열 자를 말했다. "밥 거르지 말고 잘 먹어라."*
다음 날 조퇴하고 병원에 왔으나 어머니가 이미 떠났다.
나는 4월의 길을 왜 걸어왔을까? 걷는 걸까?
내게 돈이 무슨 의미를 지닐까? 나는 왜 일을 하는가?
아파트 주변 숲 풀밭에 앉아 밤 1시에 흐느끼는 나
아픈데. 어머니가 세상에 없다.
그러나 나를 보지 못하고 다른 사람 말을 듣지 못할 때
내가 나를 바라보고 나만을 생각할 때
시간의 색깔을 낚는 빛깔 잃어
삶은, 존재는 공허하게 된다.
나는 갈 데가 없다.
있나 봐! 있나 봐!
너, 너 너의 걷는 모습 고이 간직해 (있나 봐!)
이루어질 때까지, 이루어질 때까지
시간의 색깔은 자신이 지향하는 빛깔로 간다.
빚을 갚으면, 예순 살이 되면 이 일을 떠나야겠어.

* 박석준, 「일기예보」(2013)에서.

7월의 아침*

시간에 따라 사람에게 중요한 일, 중요한 색깔이 있다,
생각도 낳는다. 의식한 것에 작용하려는.
사람의 색깔을 의식해 연장하려는 욕망에 사로잡혀,
친구에게 전화번호를 묻고 그 사람에게 전화했다.
친구 따라가 두 번 만나 스치듯 말 나눈 게 전부인데.
환갑날 귀찮게 한다는 말에 2월 말 퇴직할 나는 좌절했다.
폐 끼쳐 죄송하다, 이후 전화하지 않겠다고 문자 보냈다.
크리스마스 무렵인 그날, 서울의 식당 앞 밤길에서
넘어져 다리를 다쳤다고, 형이 전화로 말했다.

형은 11월에 나를 만났고, 퇴직한 나와 4월에 통화했다.
형과의 만남, 형에게서 듣는 말의 끝인 줄 모르고
아파서, 혼자라서, 정리 작업부터 해야겠지.
양 무릎 관절염이 생겨 잘 못 걷는다, 5 · 18 때도 못 가고
출타 일정들을 연기하고, 좋아지는 대로 내려가마.
라는 5월 초중순의 메시지를 나는 그대로 두었다.
나는 5월, 돈과 시간을 맞춰보고 2개월여 만에 외출했다.

내게 오는 연금 돈이 적어서 외출도 자제해야 하지만
나는 새로운 것, 짙은 것을 찾고 싶어서 외출한다.
함께하자고 나를 부른, 막 친해진 사람 둘을
따라 6월 말의 광주 한적한 밤길을 급히 걸어갔다. 쉽게
짙은 것을 찾으려는 내 욕망으로 내 발등뼈가 깨졌다.

이강 형, 조, 이, 송, 임, 박, 맹 시인이 빈소에 찾아오고,
목발을 짚고 비 내리는 7월의 아침
4월학생혁명기념탑을 바라봤다, 거기 내가 있었다.
7월의 아침, 그리움 찾는, 소리 없는 노래가 흘렀다.
나는 새소리, 관을 따라 모란공원묘지로 갔다.
목발 짚고 형을 묻고, 5월의 메시지 본 후론 생각 없던
형 메시지를 열었다. 1주일 전에 온 7월의 메시지
관절염이 좀 힘들게 해 왕래 못 하고 시간만 기다린다.
거기 형이 있었다. 이 7월의 아침, 비가 사라져가는
흐릿함에 오버랩한 맑은 파란색이 중요한 색깔로 남았다.

* July Morning : Uriah Heep의 Progressive rock(1971).

그리워할 사람, 그리워하는 사람

오늘 아침 충무로의 낡은 건물 좁은 방에서 창문을 여니,
여러 갈래로 가늘게 떨어지는
가난한 비가 내리고 있다.

어제, 태풍이 소멸해 사라져갔지만, 막내가 텐트를 치고
삼형이 담당하여 낮 12시에 마석모란공원에서 시작한
고 박석률 선생 2주기 추모식엔 그 비가 스몄다.
해직 교수와 시인 둘이 광주에서 올라와 빗속에 참석했다.
비가 그치고, 광명으로 가 병원에서
3년 6개월째 의식을 회복하지 못하는 작은형을 보고,
7시에 충무로로 돌아와 밤 10시까지 사람들을 만났다.
추모식에 온 세 사람, 서울의 시인, 그리고 89년 전교조
건설 및 교사 해직 과정에 고등학생 운동을 한 두 제자를.

남민전 사건으로 체포된 박석률 형이 9년 세월이 지난 후 풀려났다.

이미 아버지는 세상을 떴고, 어머니는 고문과 폭력으로 다리를 제대로 못 쓰게 되었고, 동생들은 남의집살이하거

나 학교를 중단해서, 교사인 내가 번 돈을 모아 88년에 마련한 두 칸 셋방만이 무기수였던 형이 쉴 곳이었다.

식구들은 하룻밤을 함께 자고 흩어졌다. 그러나
나는 해직을 선택할 수 있게 되어 나의 길을 갔다.
다시 교사로 살아가면서, 쉰 살이 넘어 시를 짓는 사람,
시인의 길을 모색했다. 2017년 2월에 중도 퇴직한 후로는
교사 운동에 관여하지 않았다.

교사도, 노동자도, 농민도, 작가도 아닌 형은
74년에도, 95년에도 수감되어 10개월씩 살았으나
과장됨 없이 2017년 7월에 세상을 떴다.
그냥 '전사'로 남았다.

사람마다 지향이 달라, 누군가를 그리워하는
이유가 따로 있고 그리워할 사람이 따로 남는다.
형을 그리워하는 때 나에겐 분리와 반항, 가난함과 삶의
진실이 문제로 다가와 있었다. 그런데, 비 내리는 오늘
아침 나에겐 그리워할 사람으로 박석률 형이 남았다.

남민전의 계승

맹문재

1

박석준은 한국 시문학사에서 남민전(남조선민족해방전선준비위원회) 사건을 담아낸 시인으로 기록 및 평가될 것이다. 물론 김남주 시인이 남민전 사건의 가담자로서 옥고를 치르면서 겪은 상황을 구체적으로 그려내었고, 박석률 운동가도 자신의 남민전 체험을 담아내었기에 박석준 시인이 선구적인 작업을 한 것은 아니다. 그렇지만 두 친형이 남민전에 가담함으로써 이루 말할 수 없는 고통과 불안을 겪어야 했던 상황을 한 권의 시집으로 담아낸 의의는 결코 작지 않다. 독재정권이 조작한 공안 사건이 당사자뿐만 아니라 가족들에게 얼마나 가혹했는지를 증명해주는 것은 물론 독재정권을 유지하기 위해 민주화운동에 나선 사람들을 간첩 및 공산주의자로 조작한 역사에 책임을 묻는 것이다. 아울러 반인권적인 공안 사건이 더 이상 우리 사회에서 일어나지 않기를 민주주의를 염원하는 사람들을 대변해 희망하는 것이다.

박석준 시인의 시세계에 토대를 이루고 있는 남민전 사건은 유신체제의 말기에 날조된 공안 사건이다. 1976년 2월 이재문, 신향식 등은 군사독재정권의 폭정으로 말미암아 억압된 민주주의와 민족 해방을 목적으로 남민전을 비밀리에 조직한 뒤 유신체제를 비판하는 유인물과 조직의 기관지인 『민중의 소리』를 시민들에게 배포했다. 그러던 중 1979년 10월부터 11월 사이 북한과 연계된 간첩단으로 몰려 검거되었다. 신향식과 이재문은 사형을, 안재구 · 최석진 · 이해경 · 박석률 · 임동규는 무기징역을 선고받았다. 남민전에 가담한 문인으로는 김남주 시인, 이학영 시인, 임헌영(임준열) 평론가가 있었고, 박석률의 동생인 박석삼은 15년 형을 선고받았다.

박석률은 남민전 사건이 간첩단 사건이 아니라 군사독재정권에 의해 조작된 공안 사건이라는 의견을 다음과 같이 제시했다. 첫째, 남민전은 반국가 단체를 참칭하려고 한 사실이나 내란을 예비하거나 폭력 혁명을 시도한 사실이 없다. 남민전의 강령을 보면 유신독재정권을 타도하고 민족민주연합정권을 수립한다는 항목이 있지만, 이것이 정권을 직접 수립할 계획을 가졌다거나 예비했다는 증거가 되지 않는다. 전위대를 조직해 벌였던 과격한 활동은 재벌 응징과 자금 조달을 위한 목적에서 나온 것이었고, 또 일련의 정치 투쟁에서 선도적인 역할을 담당하기 위한 것이었다. 둘째, '남조선'이라는 명칭이 북한의 노선에 동조하는 반국가 단체임을 드러내는 것이라는 공안당국의 발표는 억지이다. 한국전쟁 이후 민족 분열을 영구화시키려는 세력들은 냉전 시대의 흑백논리로 용어를 구분지어 사용해왔다. 가령 동무, 인민, 남조선 등의 용어는 우리의 고유어인데도 불구하고 남한에서는 사용하는 데 꺼리고 있는 것이다. 셋째, 남민전 관련자 중 일부가 좌경 서적을 소지하거나 북한 방송을 청취했다는 사실이 좌경 단체의 증거라는 것은 조작이다. 판매되고 있지 않은 좌경 서적을 입수한 사람은 없었고, 북한 방송을 청취한 사람이 있었지만 동조한 사실은 없었다. 통일을 논의하기 위해서는 북한을 알아야 하므로 정보기관이나 정부 관계 부처가 독점하고 있는 북한 관계 자료를 민간인에게도 제공해야 한다. 북한을 알기 위한 일부 구성원의 행동을 북한의 노선에 동조한 증거로 왜곡시켜서는 안 된다.[1]

박석준 시인의 이번 시집에는 남민전 사건 외에도 민청학련(전국민주청년학생총연맹) 사건이 등장한다. 민청학련 사건은 1974년 4월에 발표된 공안 사건으로 국가를 전복시키고 공산정권 수립을 추진했다는 혐의로 180여 명의 관련자들이 구속되거나 기소되었다. 유신체재에 대한 시민들과 대학생들의 반대 투쟁이 계속되자 군사독재정권은 불온 세력의 조종을 받아 반체제 운동을 했다고 날조한 것이다. 이 사건으로 여정남, 도예종, 서도원, 하재완, 이수병, 김용원, 우홍선, 송상진 등 인혁당재건위원회 여덟 명이 사형을 당했다. 1975년 4월 8일 대법원에서 사형 판결이 확정된 뒤 상소가 기각되자 다음 날 곧바로 형을 집행했다. 이철, 유인태, 김병곤, 나병식, 이현배, 김영일, 김지하 등 민청학련 관련자들도 사형 선고를 받았지만 다행히 형이 집행되지는 않았다.

---

1 박석률, 『저 푸른 하늘을 향하여』, 풀빛, 1989, 332~341쪽.

남민전 사건과 민청학련 사건은 2차 인혁당(인민혁명당) 사건과 밀접한 관련을 갖는다. 인혁당 사건은 두 차례에 걸쳐 기획된 공안 사건이다. 굴욕적인 한일회담에 대한 반대 투쟁이 거세지자 위기에 직면한 박정희 정권은 탈출구를 마련하기 위해 북한의 지령을 받고 국가 변란을 기도한 지하조직 인혁당을 적발했다고 1964년 8월 14일 발표한 뒤 관련자들을 처벌했다. 2차 인혁당 사건(인혁당재건위원회 사건)은 재야 세력이 유신헌법에 대해 개헌청원 100만인 서명운동을 펼치자 1974년 4월 25일 공산계 불법 단체인 인민혁명당이 민청학련 사건의 배후 조직이었다고 발표한 것이다.

남민전을 비롯해 민청학련, 인혁당 등의 조직이 결성될 수밖에 없었던 시대적인 상황을 이해할 필요가 있다. 1972년 10월 유신체제가 발족되고, 1973년 8월 8일 김대중 납치 사건이 발생되자, 군사독재정권에 반대하는 시민들의 운동이 확산되었다. 박정희 정권은 그에 맞서 1974년 긴급조치 1호를 발표해 유신헌법에 대한 일체의 개헌 논의를 금지시켰고 위반자는 비상 군법회의에 회부했다. 그럼에도 불구하고 대학생들과 시민들의 투쟁이 계속되자 군사독재정권은 민청학련 사건, 인혁당 사건, 남민전 사건을 반체제 운동으로 조작해 발표한 뒤 극형과 중형으로 처벌했다. 이와 같은 탄압에 맞서려면 강력한 저항 운동이 필요했지만 더이상 공개적인 방법으로는 가능하지 않았다. 그리하여 비합법적이고 비공개적인 조직 운동이 전개된 것이다. "우리 헌법은 3 · 1운동의 숭고한 이념과 4 · 19혁명의 이념을 계승한다고 밝힘으로써 국민의 저항권을 추상적으로나마 규정하고 있는데, 외세에 대한 저항, 독재 체제에 대한 저항은 그 어떤 폭압으로도 탄압할 수 없다고 하는 이 저항권의 행사와 온갖 형태의 예속과 억압으로부터 벗어나려는 자주권의 행사야말로 남민전이 결성되어야 했던 근거를 제공하는 것"[2]이라는 진단이 그 상황을 잘 나타내주고 있다. 박석준 시인 역시 이 시집에서 민주화와 민족 해방의 길을 추구한 남민전의 정신을 계승하고 있는 것이다.

2

통증이 와도 안대로 가릴 수도 결근을 할 수도 없다.
교육관이 뭐냐고? 글쎄요. '어떻게 살 것인가?'를 생각했을 뿐.

국밥집 가서 밥 한 숟가락 얻어 와라.
조퇴하고 가게에 들른 중1 나는 서성거리다 집으로 갔다.
어디 가서 얻어 온 거냐?
집에 가서, 가지고, 왔어요.
그럴 줄 알았다. 사람은 정직해야 하지. 그런데,
말이 더 이어지지 않아서, 나는 심장이 뛰고 초조했다.
허약한 애한테 너무 뭐라 하지 마시오.
엄마가, 엄마의 목소리가 스며들자
아버지가 밥 한 숟가락에서 몇 알 떼어 큰형 이름 적힌 편지 봉투에 바른다.
그러곤 갑자기 손을 잡아채어 불안하게 하면서 밖으로 걸음을 뗐다.
우리 식료품 가게 앞 큰길을 건너 의원으로 들어갔다.

---

2 위의 책, 334쪽.

의원에서 나오는 길로 아버지가 택시를 잡았다.
나를 업고 올라가, 70년 봄 동산 위 정자에 앉혀놓았다.
광주천과 무등산이 보이는 정자에 아버지가 서 있어서, 나는 불안한데
어떻게 살아야 하지?
아버지의 소리가 해 질 무렵에 귀를 타고 머리에 박힌다.
1년 후에 파산하여 아버지가 1974년에 서울로 갔다.
큰형이 민청학련 사건으로 수감되었다.

열아홉 살 다 지나가는 1976년 겨울, 두 걸음 걷다가
쓰러지는 나를 큰형이 업어 서울 병원으로 데려갔다.
팔로4징후였다. 형이 각서를 썼다. 무슨 소리가 들리고
엄마가 보인다. 기자라 한 사람이 물었고 오후에
큰형이 가져온 신문에 해가 바뀌고 며칠이 지난 시간과
국내 최초 성공, 내 이름이 실려 있다.

스물두 살 내가 느리게라도 걸을 수 있어 돈을 구하려고
이곳저곳 찾아다니다 11월에 본 가판대 신문, 적힌 사건,
큰형 이름. 눈물이 나고 내가 초라하게 여겨졌다.
남민전 사건으로 큰형이 투옥되었다!
나는 부실하여 감당할 만한 일터를 먼 곳에서 구했다,
스물여섯에. 교사가 되었으나 큰형의 일로 안기부에게
각서를 써야만 했다. 13개월 후 아버지가 떠났다.

여인숙 일을 접은 어머니는 단칸방에서 일터로 갈
사람을 깨운다. 그 후엔 나팔꽃 화분을 가꾸거나
오후엔 절룩이며 팥죽을 팔러 나가실 텐데.
새벽길에서 나는 7년 넘게 갇혀 있는

큰형 얼굴을 떠올린다. '어두운 곳에서 벗어나 지향하는
색깔로 시간을 만들어가는 것……' 으로 생각을 이어간다.
—「국밥집 가서 밥 한 숟가락 얻어 와라」 전문

위의 작품의 내용을 상황의 흐름으로 읽어보면 다음과 같다. 식료품 가게를 운영하는 아버지는 큰아들에게 보낼 편지봉투를 붙일 풀이 필요해 화자인 작은아들에게 근처의 국밥집에 가서 밥 한 숟가락 얻어 오라고 시킨다. 편지봉투를 붙일 풀 한 통 없을 정도로 집안이 가난했던 것이다. 중학교 1학년생이었던 화자는 조퇴하고 가게에 들렀다가 아버지의 말씀을 듣고 밥 한 숟가락을 가지고 온다. 아버지가 "어디 가서 얻어 온 거냐?"라고 묻자 "집에 가서, 가지고, 왔어요."라고 대답한다. 그러자 아버지는 "그럴 줄 알았다. 사람은 정직해야 하지."라고 칭찬하신다. 화자가 집에 가서 밥을 가지고 온 것은 다른 집에 가서 얻어 올 정도로 숫기가 없었음을 보여주기도 하지만, 남의 도움을 받지 않고 스스로 해결하려는 자립심이 강했다는 것을 나타내기도 한다.

화자는 아버지의 말씀을 듣고 나서 심장이 뛰고 초조해진다. 사람은 정직하게 살아야 한다는 아버지의 말씀이 새롭게 들렸기 때문이고, 몸이 허약했기 때문이다. 화자가 학교에서 조퇴하고 가게에 들른 것은 몸이 좋지 않아서였다. 아버지는 편지봉투에 풀을 얼른 바르려고 작은아들에게 근처의 식당에 가서 밥 한 숟갈을 얻어 오라고 했는데, 아들은 집에 가서 가지고 오느라고 다소 늦었다. 그 때문에 아버지는 아들의 답답한 처신에 다소 실망했다. 그리하여 어디 가서 가져오느라고 이렇게 늦었느냐고 나무라는 목

소리를 내려다가 최대한 감정을 자제하고 아들의 대답을 긍정해서 "사람은 정직해야 하지."라고 칭찬한 것이다. 화자는 아버지의 그 말을 아주 복잡하게 받아들인다. 몸이 좋지 않아 심장이 뛰고 초조해지기도 한다. 그와 같은 모습을 옆에서 지켜보던 화자의 어머니는 "허약한 애한테 너무 뭐라 하지 마시오."라고 아들의 편을 들어준다.

아버지는 작은아들이 가져온 밥 몇 알을 떼어 큰아들의 이름이 적힌 편지봉투에 바른다. 그리고 나서 아들의 손을 잡아채어 가게 밖으로 나선다. 화자는 불안하게 아버지를 따라 걸음을 뗀다. 아버지는 가게 앞 큰길을 건너 의원으로 아들을 데리고 들어간다. 허약한 아들을 진료하기 위한 것이다. 그렇지만 그곳에서 오래 있지 못하고 나오고 만다. 그 이유는 의사가 작은아들이 무슨 병을 앓고 있는지 제대로 알지 못하거나, 의사가 추천하는 약을 구입할 돈이 없었기 때문으로 유추된다.

의원을 나온 아버지는 아들을 택시에 태워 근처의 동산으로 간다. 아버지는 아들을 업고 동산에 올라가 그곳의 정자에 내려놓는다. 광주천과 무등산이 선명하게 보이는 곳이다. 아버지는 그 정자에 서서 "어떻게 살아야 하지?"라고 혼잣소리를 낸다. 식료품 가게가 잘 되지 않아 걱정을 많이 하고 있는 것이다. 화자는 어린 나이지만 아버지의 그 소리를 슬프게 듣는다. 그때가 1970년이었다.

1년 뒤 아버지는 동산에 올라가 걱정하던 처지를 극복하지 못하고 파산하고 만다. 그리고 1974년 서울로 올라간다. 아버지가 서울로 올라간 것은 새로운 삶의 터전을 마련하기 위한 것이 아니라 "큰형이 민청학련 사건으로 수감되었"기 때문이다. 집의 형편이

어려운 데다가 큰아들이 공안 사건에 연루되어 구속됨으로써 아버지의 걱정과 고통은 가중된다.

화자의 "큰형"은 실제의 인물인 박석률이다. 그는 1974년 4월부터 1975년 2월까지 민청학련 사건에 관련되어 서울교도소, 안양교도소, 순천교도소 등에서 복역했다. 민청학련 사건은 군사독재 정권이 유신체제를 반대하는 시민들과 학생들을 공산주의 활동을 한 간첩단으로 날조한 공안 사건이다. 아버지는 큰아들이 시국 사건에 가담되어 충격을 받았지만, 정직하게 살아가려고 한 행동이었기에 실망하지 않는다. 그만큼 아버지는 큰아들을 믿었던 것이다.

그런데 화자는 열아홉 살이 되는 1976년 겨울 두세 걸음을 걷다가 쓰러지고 말았다. 마침 "큰형"이 민청학련 사건의 복역을 마치고 나온 때였다. "큰형"은 동생을 업고 서울 병원으로 데려가 진단을 받았다. 그 결과 "팔로4징후"라는 선천성 희귀 심장병을 앓고 있는 것으로 밝혀졌다. 그 당시 팔로4징후는 고칠 수 없는 병이었다. 그리하여 "큰형"은 각서를 쓰고 동생을 임상실험의 대상으로 맡겼다. 그 결과 동생은 "국내 최초 성공"이라는 신문기사가 날 정도로 기적적으로 살아났다. 그와 같은 일로 화자는 자신의 생명을 살린 "큰형"을 은인으로 생각하게 되었다.

수술을 받은 화자는 느리게라도 걸을 수 있을 만큼 건강이 좋아졌지만 집안의 형편은 나아지지 않았다. 그리하여 화자는 집에서 필요할 때마다 이곳저곳을 찾아다니며 돈을 구하러 다녔다. 그러던 11월 어느 날 신문 가판대에서 "큰형"의 이름을 보게 되었다. 다름 아니라 "큰형"이 "남민전 사건"으로 구속되었던 것이다. 그 순간 화자는 "눈물이" 났고 자신이 "초라하게 여겨졌다". 그만큼 "큰형"은 화자에게 하늘 같은 존재였고, 아버지에게도 마찬가지였다. 아버지가 "계림동 집을 떠날 무렵 대학교 3학년인 나에게/"니 큰형은 크리스마스 날 석방될 것이다./대학에 다닐 사람은 니가 아니고 니 큰형이다."/"너는 아무리 공부를 해봐야/니 큰형 손톱만큼도 못 따라간다."(「아버지 - 무너진 집」)라고 말씀하신 데서도 확인된다.

"큰형"은 1977년 10월 남민전에 가입해 청년학생위원회 및 전위대의 핵심 구성원으로 활동하다가 1979년 11월 체포되어 사형을 구형받고 무기징역을 선고받았다. 그 뒤 대전교도소, 대구교도소, 광주교도소로 이감되면서 옥고를 치렀다. 1988년 12월 21일 가석방 조치로 석방될 때까지 그는 "빈번한 설사, 가슴 답답, 등골 쑤심, 머리 아픔, 팽만, 둔통 등으로 안정을 기하지 못"[3]할 정도로 중병을 앓아 생명이 위태롭기도 했지만, 굴복하지 않았다. 가족들 또한 고통을 겪으면서 "큰형"을 위해 헌신했다. 아들의 영치금을 마련하려고 아버지는 "수감된/형들을 기다리며 수레를 끌고 고물을"(「먼 곳 1 - 돈과 나와 학생들」) 수집했고, 어머니는 "전기가 흐른가 몇 번 정신 잃었"(「1980년」)을 정도로 공안기관에 끌려가 고문과 폭행을 당했을 뿐만 아니라 "삼형이 소내에서 단식투쟁하다가 고문당했다는 소식을/들었을 때, 췌장염을 앓고 있다는 큰형 소식을 듣고서/면회 신청을 했지만 좌절됐을 때, 교도소 정문 앞에 누워/"내 아들 내놓아라! 내 아들을 보기 전에는/여기서 한 발자국도 못 간다."고 농성을 하면서/면회 요구 투쟁을"(「슬픈 방 1」) 할 정도로

3 위의 책, 237쪽.

하루도 편하게 지내지 못했다. 그러면서도 아들의 영치금을 마련하기 위해 "여인숙 일"을 했고, 고문당한 다리를 "절룩이며 팥죽을 팔"았다.[4]

남민전 사건에는 화자의 "큰형"뿐만 아니라 셋째 형인 박석삼도 가담해 집안은 그야말로 풍비박산이 났다. 그와 같은 상황은

> 영치금을 구하러 돌아다니는 작은형, 간첩 집안이라고
> 쫓겨난 누나, 중학교, 국민학교만 나온 동생들 헌과 수,
> 유일하게 대학을 나왔으나, 몸이라도 성해야 할 텐데,
> 하였을 때, 내가 본 어머니의 슬픈 눈.
> 나는 그 눈을 보고 죄스러워, 구직하겠다고 했다.
> 나는 어머니와 함께 구직하러 돌아다녔다.
> 찾아간 모든 곳에서, 너무 허약하다며 나를 거절했다.
>
> —「먼 곳 1 – 돈과 나와 학생들」 부분

라는 식구들의 모습에서 여실히 볼 수 있다. "형들"의 영치금을 마련하기 위해 가족들은 동분서주했고, 누나와 동생들은 학업을 중단할 수밖에 없었다. 가족 중에서 유일하게 대학을 나온 화자도 그냥 있을 수 없어 구직을 하러 다녔다. 그렇지만 몸이 너무 허약해 취직이 쉽지 않았다.

화자는 다행히 한 곳에 자리가 나 "스물여섯에 교사가 되었"다.

---

4 어머니의 팥죽 장사는 다음의 작품에서도 볼 수 있다. "어머니가 누나랑 동지죽 장사를 시작했다./"뭘 이렇게 많이? …… 손님도 다 먹지 못할걸."/"그래도 그런 것 아니다. 여기까지 와서 죽 한 그릇/사 먹을 형편이라면 얼마나 배고픈 사람이겠냐?"(「먼 곳 3 – 11월의 얼굴들과 빗물」)

그렇지만 "큰형의 일로 안기부에/각서를 써야만 했"고, 교사가 된 뒤에도 형사들의 감시를 받아야 했다. ""해방전선? 그런 데에 관심 있소?"/소리에, 잠시 후 "없습니다." 말했다. 다시 1분쯤 지나/"학생들이 집에 찾아오기도 합니까?"/소리에, 출근하려고 방문을 열자, 날마다 구두/닦아놓게요, 하고 학남이 대문 밖으로 뛰쳐나가는/장면이 떠올라 "아직은."이라는 말을 했다./"이젠 교사니까 학교 일에 신경써주시오./딴생각 말고. 몸도 허약한데!"(「먼 곳 2 - 프리즈 프레임」)라고, 안기부의 압력을 받는 교장이 취조하듯 전하는 말이 그 상황을 확인시켜준다.

안기부나 형사 등이 직접 행위자가 아닌 친족을 감시하고 취조하는 것은 연좌제를 적용하는 것으로 명백히 불법이다. 연좌제는 범죄인과 친족 관계에 있는 자에게 연대 책임을 지우는 것으로 그 피해가 너무 커 1894년 형사 책임 개별화 원칙이 선언되면서 폐지되었다. 그럼에도 불구하고 한국전쟁과 남북분단이라는 특수한 상황으로 인해 사실상 관행으로 적용되어왔다. 가령 공무원 임용이나 해외여행 등에 적용해 당사자에게 불이익을 준 것이다. 그리하여 연좌제의 문제점을 근본적으로 개선하기 위해 1980년 "모든 국민은 자기의 행위가 아닌 친족의 행위로 인하여 불이익한 처우를 받지 아니한다."라고 헌법 제13조 3항에 규정했다. 그렇지만 군사독재정권은 연좌제를 폐지하지 않고 위의 작품에서 보듯이 적용한 것이다.

큰아들의 석방을 학수고대하며 영치금을 마련하기 위해 온몸으로 헌신하던 화자의 아버지는 화자가 취업한 지 "13개월 후에" 세상을 뜨고 만다. 큰아들이 투옥한 지 53개월이 되는 1984년 4월이었다. "월요일 1교시를 끝내고, 교감의 말에 처음으로 조퇴를/하고 버스를 타고 내가 돌아왔으나, 아버지는 숨을 쉬지/않았다. 돈 구하겠다고 헌이 아침에 나갔다는데./헌이 가져온 30만 원으로 망월동에 묘지를/계약하고, 나는 묘비에 새겨질 글씨를 썼다." 그렇지만 아버지가 돌아가신 일을 감옥에 있는 형들에게 알릴 수 없었다. "장례를 치른 뒤 방 안은 어두운 길로 젖어들 것만 같았다./작은형이 회의를 하자고 하여, 결국/"말하지 말아라. 돌아가신 걸 알면 둘 다 괴로워서 병날/것이다. 그러면 지금까지 식구대로 고생한 보람도 없이."/라고 한 어머니의 말에 따르기로"(「아버지 – 무너진 집」) 한 것이다.

작품의 화자는 어렵게 취직한 교사직에 최선을 다했다. 눈에 통증이 와도 학생들에게 혐오감을 주지 않기 위해 안대를 사용하지 않았고, 결근도 하지 않았다. 학생들의 천진난만과 개성 유지를 살리려고 강요하지도 구타하지도 않았다. 누군가 당신의 교육관이 뭐냐고 묻는다면 "내게 확실한 교육관이 있는 것인가?'[5]라고 깊게 고민한 뒤 "어떻게 살 것인가?를 생각했을 뿐"이었다고 겸손하게 말하겠지만, 나름대로 정직하게 걸어온 것이다. 그렇게 살아올 수 있었던 것은 "사람은 정직해야" 한다는 아버지의 말씀을 가슴에 새겼기 때문이다. 또한 민주주의와 민족해방을 위해 온몸으로 싸운 형들이 거울처럼 있었기 때문이다. 그리하여 화자는 새벽 출근길에서 "7년 넘게 갇혀 있는/큰형의 얼굴을 떠올린다". 그리고 "'어두운 곳에서 벗어나 지향하는/색깔로 시간을 만들어가는 것"

5 박석준, 『내 시절 속에 살아 있는 사람들』, 일월서각, 한글, 1999. 98쪽.

이라고 생각한다. 결국 형들이 걸어간 길을 따라가기로 다짐한 것이다.[6]

3

가지 않으면 길이 생기지 않는다.
5월 14일, 16명이 먼 곳에서 전남대까지 왔는데,
장학사와 교장과 교감이 정문 봉쇄로 길을 막았다.
나는 기어이 광주 · 전남 지역 노조 발기인 대회장으로 갔다.

5월 28일, 아침 7시경 대절 버스가 목포에서 떠났다.
오후 1시에 전교조 결성대회가 개최될 한양대를 향해서.
결성대회를 원천 봉쇄할 거라는 뉴스를 들었기에,
더욱 한양대로 가야 한다는 심정이 절실해서.
일로에서 전경이 10시를 넘길 때까지 길을 막아
광주 진입로에서도 길을 막아 12시를 훨씬 넘겨버렸다.
전남대 중앙도서관 앞 잔디밭에서 결성대회를 가졌다.
가야 하는데, "만세! 결성됐어!" 소리가 났다.
돌아가는 길에서 나는 뇌리에 '속보'라는 말을 새겨냈다.

6월 9일 김성진 등 전날 식당에 모였던 선생들은 모두
8시가 아직 안 된 이른 시각에 현관 앞에 도착했다.
결의를 굳히기 위해서, 만일의 경우를 대비하기 위해서.

---

6 다음의 작품에서도 확인된다. "형이 나를 살려냈는데, 탄원서를 써야겠다. 생각을 한다/나 때문에 갇혀버린 나! 나도 가야 하는데……"(「먼 곳 3 — 11월의 얼굴들과 빗물」)

곧 윤보현 선생이 교장실로 들어갔다.
교직원노조 먼 곳 분회를 결성한다는 뜻을 전하기 위해서.
점심시간이 되자 한 사람씩 조용히 4층 강당으로 갔다.
1시 20분경, 4층에서 교원노조가가 흘러나가기 시작했다.
흐르는 전주에 감흥이 일어나 나는 자리에서 빠져나갔다.
왼쪽으로 가, 팔을 흔들며 솟구치는 희열에 젖어
"살아 숨 쉬는 교육 교육민주화 위해 가자, ……."
대중에게 처음으로 노래를 선동하며 목소리를 쏟아냈다.
"교장으로서가 아닌 개인적인 입장에서는 교직원노조
먼 곳 분회가 발전되기 바라는 바입니다만……."이라고
아리송한 발언으로 우리들의 일에 끼어들어 왔는데……,
하루 뒤인 6월 10일에 전교조 전남지부가 결성되었다.

6월 17일 토요일, 학교 앞 삼거리에서 나왔을 때에,
1시 20분경에, 건너편 인도에 모여드는 선생들을,
그 20미터쯤 아래 전문대 쪽엔 차도의 전경을 보았다.
전문대가 목포지회 결성대회장인데.
밀고 밀리고, 어느 결엔지 내가 제1열에 서 있었다.
막기만 하던 전경이 교사들의 턱밑에 방패를 들이대고
뒤에서는 공권력을 무너뜨리려고 밀어붙이고,
견디다 못한 1열의 4인 스크럼이 풀어졌는데,
나는 방패에 오른쪽 손등을 찍혀버렸다.
피가 나고 등 뒤가 허전한데, 돌연 전경들이 내려갔다.
집회 예정 시간인 2시를 20분이나 지났는데.
교사들이 삼삼오오 흩어져서 집회장으로 가고 있었다.
전문대 정문 앞에서 '더불어'와 '자고협' 소속
낯익은 학생들의 "전교조 사수!" 하는 외침이 흘렀다.

6월 19일 월요일 오전 휴게실에 있는 나에게
"지회 결성 상황으로 미루어보니까 단위 학교에도 탄압이
올 것 같은데……, 앞으로 어떻게 대처하면 좋겠는가?"
하고 가야 할 길을 김성진 선생이 물었다.
"일단 미술실로 거점을 잡읍시다."
왜 그러느냐고 묻는 김 선생에게 설명했다.
"등잔 밑이 어둡다고 1층 교장실 다음다음 교실에서
일이 진행된다고 선생들이 쉽게 생각할 수 있겠습니까?"

— 「속보, 나의 길 - 존재함을 위하여」 전문

위의 작품은 화자 자신이 전교조(전국교직원노동조합)의 결성 과정에 참여한 모습을 차례로 보여주고 있다. 화자는 1989년 "5월 14일, 16명"의 근무지 교사와 함께 "전남대까지 왔"다. 그 상황을 파악한 "장학사와 교장과 교감이 정문 봉쇄로 길을 막았"지만 화자는 "기어이 광주 · 전남지역 노조 발기인 대회장"에 참석했다. 화자가 이와 같이 행동한 것은 "가지 않으면 길이 생기지 않는다"라고 생각했기 때문이다. 마치 노신이 "희망이라는 것은 본래 있는 것이라고 말할 수 없지만, 없는 것이라고 말할 수도 없다."(「고향」)라고 말한 것과 같은 신념을 가진 것이다. 그리하여 화자는 "무수한 과제를 안고 전진하는 역사 속에서 우리의 함성이 드높이 울리는 그날이 언젠가는 오리라"[7]는 것을 믿고 옥고를 치른 "큰형"의 길을 따랐다.

전교조 결성을 위한 화자의 행동은 1989년 "5월 28일, 아침 7시

7 박석률, 앞의 책, 225쪽.

경 대절 버스가 목포에서 떠났다./오후 1시에 전교조 결성대회가 개최될 한양대를 향해서"의 상황에서 볼 수 있듯이 지속되었다. 그날 "결성대회를 원천 봉쇄"하는 바람에 "한양대로 가"지는 못하고 대신 "전남대 중앙도서관 앞 잔디밭에서 결성대회를 가졌다". 비록 서울의 개최지까지는 못 갔지만 "만세! 결성됐어!"라는 함성을 들을 수 있었다. 그 순간 화자는 "뇌리에 '속보'라는 말을 새겨" 넣을 정도로 환희를 느꼈다.

그렇지만 전교조의 결성은 쉽게 이루어질 수 있는 일이 아니었다. 1989년 "6월 9일 김성진 등 전날 식당에 모였던 선생들은 모두/8시가 아직 안 된 이른 시각에 현관 앞에 도착했다./결의를 굳히기 위해서, 만일의 경우를 대비하기 위해서./곧 윤보현 선생이 교장실로 들어갔다./교직원노조 먼 곳 분회를 결성한다는 뜻을 전하기 위해서"였다. 그 뒤 "점심시간이 되자 한 사람씩 조용히 4층 강당으로 갔다./1시 20분경, 4층에서 교원노조가가 흘러나가기 시작했다./흐르는 전주에 감흥이 일어나" 화자는 "자리에서 빠져나갔다./왼쪽으로 가, 팔을 흔들며 솟구치는 희열에 젖어/"살아 숨쉬는 교육 교육민주화 위해 가자, …….."/대중에게 처음으로 노래를 선동하며 목소리를 쏟아냈다". 화자를 비롯한 교사들의 적극적인 행동에 교장은 ""교장으로서가 아닌 개인적인 입장에서는 교직원노조/먼 곳 분회가 발전되기 바라는 바입니다만……."이라고/아리송한 발언으로 우리들의 일에 끼어들어 왔"지만, 화자를 비롯한 교사들은 굳건한 뜻을 지켜 "하루 뒤인 6월 10일에 전교조 전남지부"를 결성했다.

전교조의 설립은 지회나 단위 학교로 내려갈수록 이해관계가

맞물려 있기 때문에 어려움이 컸다. 그와 같은 모습은 1989년 "6월 17일 토요일, 학교 앞 삼거리에서 나왔을 때에,/1시 20분경에, 건너편 인도에 모여드는 선생들을,/그 20미터쯤 아래 전문대 쪽엔 차도의 전경을 보았다./전문대가 목포지회 결성대회장인데./밀고 밀리고, 어느 결엔지 내가 제1열에 서 있었다./막기만 하던 전경이 교사들의 턱밑에 방패를 들이대고/뒤에서는 공권력을 무너뜨리려고 밀어붙이고,/견디다 못한 1열의 4인 스크럼이 풀어졌는데,/나는 방패에 오른쪽 손등을 찍혀버렸다"와 같은 상황에서 여실하게 볼 수 있다. 그렇지만 화자는 물러서거나 포기하지 않았다. "피가 나고 등 뒤가 허전"했지만 집회장으로 간 것이다. 전교조 결성을 결의한 교사들도 "집회 예정 시간인 2시를 20분이나 지났는데"도 불구하고 "삼삼오오 흩어져서 집회장으로" 모여들었다. "전문대 정문 앞에서 '더불어'와 '자고협' 소속/낯익은 학생들의 "전교조 사수!" 하는 외침"도 들려 더욱 힘이 났다.

1989년 "6월 19일 월요일 오전 휴게실에 있는 나에게/"지회 결성 상황으로 미루어보니까 단위 학교에도 탄압이/올 것 같은데……, 앞으로 어떻게 대처하면 좋겠는가?"/하고 가야 할 길을 김성진 선생이" 묻자 화자는 "일단 미술실로 거점을 잡읍시다."라는 전략을 내놓았다. "왜 그러느냐고 묻는 김 선생에게 설명했다./"등잔 밑이 어둡다고 1층 교장실 다음다음 교실에서/일이 진행된다고 선생들이 쉽게 생각할 수 있겠습니까?""라고 명쾌하게 그 근거를 제시한 것이다.

이와 같은 화자의 행동은 "지역 교협 창립대회장인 성당,/그 앞길에서 뛰어온 형사 10여 명이 나를 포위한/지난달 토요일 낮"이며 "12월 첫 금요일, 퇴근 시간이 된 후에, 2층 회의실에서/평교사회 창립대회를 진행하는 마이크 소리가 흘러"(「먼 곳 4 - 수감된 거리에서면」)나왔다고 밝힌 데서 보듯이 이전의 경험이 축적되었기에 가능했다. 실제로 화자는 1987년 10월 17일 목포교협 창립과 1987년 12월 4일 영흥고 평교사회 창립 등에 관여했다. 또한 참교육 실천을 위한 학생들의 조직인 "더불어"나 "자고협"(조직 자주 교육 쟁취 고등학생 협의회)과도 긴밀한 관계를 유지하고 있었다.

이와 같이 작품의 화자는 전교조 과정을 몸소 겪었다. 1989년 7월 9일 교사들은 전교조의 합법성 쟁취를 위한 범국민대회를 개최했는데, 화자는 열아홉 명의 교사와 전야제를 갖고 "전원 연행 각오할 것, 상황에 따라 묵비권을 행사할 것/소속 신분을 밝히지 말 것" 등을 각오하고 참가했다. "9일, 아침에 목포에서 출발한 대절 버스가" "한강 고수부지"에 도착해 "대동단결, 대동투쟁, 전교조 합법성 쟁취하자!"(「7 · 9대회」)라고 구호를 외치자 전경들이 몇 겹으로 포위해 경찰서에 연행되어 조사까지 받은 것이다.

화자는 범국민대회에 참가한 뒤 학교로 돌아와 전교조 교사들과 함께 7월 11일부터 무기한 단식 수업과 철야 농성 투쟁에 들어갔다. "8월 4일 8시 반경에 교장이 농성장 안으로 들어"와 ""탈퇴 문제를 신중히 고려해봄이 좋을 것 같은데./소낙비는 피해 가는 것처럼"이라고 회유하자 "분열시키려는 의도라고 판단하여" 반발했다. 그 일이 있은 지 "열흘 후 나와 강, 4김, 신, 안, 윤, 9인이/먼 곳에서 직권면직되었다"(「단식 수업 그리고 철야 농성」).

1980년대에 들어 과도한 입시교육, 학교 조직의 관료화, 정치 활동 통제 등에 문제 제기를 하는 교사들이 소모임을 만들고 교육자협회 등의 사회단체들과 연대 활동을 한 결과 1986년 5월 10일 교육민주화선언을 발표했고, 1987년 9월 27일 전교협(전국교사협의회)을 창립했다. 그렇지만 전교협은 공식적인 교사 단체가 아니었기 때문에 활동에 제약을 받게 되어 1989년 5월 28일 전교조를 결성했다. 전교조는 교육 환경 및 제도 개선, 교육 민주화와 자주성 확립, 교사의 노동3권 보장, 참교육 실천 등의 활동을 추진했다. 그렇지만 당시 노태우 정권은 전교조를 불법단체로 간주하고 1,500명 이상의 관련 교사를 구속하거나 파면하거나 해임했다.

직권면직을 당한 작품의 화자는 실직자로서 살아가기가 어려웠다. 그리하여 "10미터 간격의 책상에 '500원'이라고 쓴 종이를 붙이고/끈이 달린 참교육 세라믹 볼펜 500개가 담긴 박스를/열어놓았다. 2인 1조로 길가에서 장사를 시작"(「볼펜을 팔면서」)하며 버티어 나갔다. 화자는 그와 같은 생활을 하면서도 전교조 합법화와 민주 대개혁을 위한 전국교사대회 등에 적극적으로 참여했다. "7개월째 말이 단절되고 일로부터 소외되"고, "심장에 이상이 생겨 다리와 발등이 붓는다고 진단"을 받고, "불우이웃이 되어 받은 쌀로 연명"했지만, "오늘 참가하지 않으면 나는 잊혀진 사람이 될 것"(「장밋빛 인생」)이라고 생각하고, 1992년 11월 8일 서울대에서 열린 행사 등에 참석한 것이다. 이와 같은 노력 끝에 1999년 '교원의 노동조합 설립 및 운영 등에 관한 법률'이 제정되어 전교조는 합법화되었다.

화자가 전교조의 합법화에 온몸으로 참여한 것은 시대의 임무를 수행하기 위해서였다. "음악이 끊기면서 대통령이 서거했다는 뉴스가 삽입됐다./광주로 돌아온 날, 4월부터 나를 감시하고 시험도 방해한/형사가, 광주와 서울 각 다섯 명인 형사가 보이지 않았다./11월엔 해방전선, 큰형, 삼형, 검거 기사를 보았다"와 같은 상황에서 "1년간 학사경고를 받은 나는 문리대 벤치에서 쇼윈도/세상을 생각하거나 하다가 4월부터 데모대에 끼어들었다./5월 15일 오후 4시엔 도청 앞 집회에" 참석한 모습에서 볼 수 있다. 그렇지만 화자는 "우리 집 쪽으로 총검을 지닌 계엄군들이 가는 것을 보고/불안하게 걷는 나. 우리 집 대문 앞 술집으로 들어가기에,/숨죽여 어떻게 열렸는지 모른 대문 안으로 들어간 나."(「1980년」)라고 밝혔듯이 아픈 몸이 따라주지 않았을 뿐만 아니라 목숨 걸고 맞설 용기가 부족했기 때문에 항쟁의 역사에 헌신하지 못했다. 그리하여 화자는 그 부채감을 갚기 위해 민주화 투쟁에 헌신한 두 형의 길을 따라 전교조의 합법화 투쟁에 나선 것이다.

4

오늘 아침 충무로의 낡은 건물 좁은 방에서 창문을 여니,
여러 갈래로 가늘게 떨어지는
가난한 비가 내리고 있다.

어제, 태풍이 소멸해 사라져갔지만, 막내가 텐트를 치고
삼형이 담당하여 낮 12시에 마석모란공원에서 시작한
고 박석률 선생 2주기 추모식엔 그 비가 스몄다.
해직 교수와 시인 둘이 광주에서 올라와 빗속에 참석했다.
비가 그치고, 광명으로 가 병원에서
3년 6개월째 의식을 회복하지 못하는 작은형을 보고,

7시에 충무로로 돌아와 밤 10시까지 사람들을 만났다.
추모식에 온 세 사람, 서울의 시인, 그리고 89년 전교조
건설 및 교사 해직 과정에 고등학생 운동을 한 두 제자를.

남민전 사건으로 체포된 박석률 형이 9년 세월이 지난 후 풀려났다.
이미 아버지는 세상을 떴고, 어머니는 고문과 폭력으로 다리를 제대로 못 쓰게 되었고, 동생들은 남의집살이하거나 학교를 중단해서, 교사인 내가 번 돈을 모아 88년에 마련한 두 칸 셋방만이 무기수였던 형이 쉴 곳이었다.
식구들은 하룻밤을 함께 자고 흩어졌다. 그러나
나는 해직을 선택할 수 있게 되어 나의 길을 갔다.
다시 교사로 살아가면서, 쉰 살이 넘어 시를 짓는 사람,
시인의 길을 모색했다. 2017년 2월에 중도 퇴직한 후로는
교사 운동에 관여하지 않았다.

교사도, 노동자도, 농민도, 작가도 아닌 형은
74년에도, 95년에도 수감되어 10개월씩 살았으나
과장됨 없이 2017년 7월에 세상을 떴다.
그냥 '전사'로 남았다.

사람마다 지향이 달라, 누군가를 그리워하는
이유가 따로 있고 그리워할 사람이 따로 남는다.
형을 그리워하는 때 나에겐 분리와 반항, 가난함과 삶의
진실이 문제로 다가와 있었다. 그런데, 비 내리는 오늘
아침 나에겐 그리워할 사람으로 박석률 형이 남았다.

—「그리워할 사람, 그리워하는 사람」 전문

위의 작품의 화자는 "오늘 아침 충무로의 낡은 건물 좁은 방에서 창문을" 열고 "여러 갈래로 가늘게 떨어지는" 비를 바라보다가 "가난한 비"를 인식하고 어제의 일들을 떠올린다. "막내가 텐트를 치고/삼형이 담당하여 낮 12시에 마석모란공원에서 시작한/고 박석률 선생 2주기 추모식"이 있었던 것이다. 큰형의 추모식에는 고맙게도 "해직 교수와 시인 둘이 광주에서 올라와 빗속에 참석했다". 화자는 추모식을 마치고 "광명으로 가 병원에서/3년 6개월째 의식을 회복하지 못하는 작은형을 보고,/7시에 충무로로 돌아와 밤 10시까지 사람들을 만났다". "추모식에 온 세 사람, 서울의 시인, 그리고 89년 전교조/건설 및 교사 해직 과정에 고등학생 운동을 한 두 제자" 등이었다.

화자는 추모식을 치르고 사람들을 만나는 동안 큰형을 다시금 떠올리고 자신이 걸어온 길도 되돌아본다. "남민전 사건으로 체포된 박석률 형"은 "9년 세월이 지난 후 풀려났다". "이미 아버지는 세상을 떴고, 어머니는 고문과 폭력으로 다리를 제대로 못 쓰게 되었고, 동생들은 남의집살이하거나 학교를 중단"했다. 경제적인 활동을 할 가족이 없어 교사인 화자가 "번 돈을 모아 88년에 마련한 두 칸 셋방만이 무기수였던 형이 쉴 곳이었다". 그렇게 "식구들은 하룻밤을 함께 자고 흩어졌다".

그 뒤 화자는 큰형에 대한 도리를 다하기 위해 전교조 운동을 포기하지 않았다. "해직을 선택"했으며 자신의 "길을 갔다". "쉰 살이 넘어 시를 짓는 사람,/시인의 길을 모색"한 것이다. 물론 "2017년 2월에 중도 퇴직한 후로는/교사 운동에 관여하지 않"고 있지만, 화자는 "교사도, 노동자도, 농민도, 작가도 아닌 형"이 "74년에도,

95년에도 수감되어 10개월씩 살았으나/과장됨 없이 2017년 7월에 세상을" 뜬 큰형의 역사를 잊지 않는다. "그냥 '전사'로 남"은 큰형을 가슴속에 새기는 것이다.

"박석률 형"은 민청학련 사건과 남민전 사건 외에도 1995년 11월에서 1996년 8월까지 범민련(조국통일범민족연합) 사건으로 수감되었다. "통일 논의는 남북의 당국자를 위시한 소수의 사람들이 주도해왔는데, 통일 논의가 정치인이나 누구의 독점물이 아니고, 국민 모두의 것이며, 정치적 통일에 앞서 민족공동체의 통일이 중요하기 때문에, '국민의 알 권리'와 '말할 권리'가 첫째로 보장되어야 합니다."[8]라는 큰형의 주장은 사법기관이 받아들이지 않았다. 범민련은 조국 통일의 실현을 목적으로 남한, 북한, 해외동포들이 결성한 통일운동 단체였지만, 1997년 대법원은 이적단체로 판결을 내렸다.

화자는 추모식을 마친 뒤 민청학련 사건, 남민전 사건, 범민련 사건의 가담으로 오랫동안 옥고를 치른 큰형을 다시금 가슴에 품는다. 가족들의 가난과 불행과 불안이 큰형의 수감에서 비롯되었기 때문에 원망하는 마음을 갖기도 했지만, 그의 삶을 기꺼이 껴안는다. 큰형을 한 개인적인 존재를 넘어 시대적이고 역사적인 존재로 인정하는 것이다. 그리하여 "사람마다 지향이 달라, 누군가를 그리워하는/이유가 따로 있고 그리워할 사람이 따로 남는"데, 화자에게 형은 "분리와 반항, 가난함과 삶의/진실이 문제로 다가"온다. 결국 "비 내리는 오늘/아침 나에겐 그리워할 사람으로 박석

8 박석률, 『자주와 평화, 개혁으로 일어서는 땅』, 백산서당, 2003, 321쪽.

률 형이 남"는 것이다.

화자는 큰형이 가난하게 살았지만 끝까지 남민전 전사의 길을 포기하지 않았다고 생각한다. 한국 민주주의 진전과 조국 통일을 이루는 데 한 알의 밀알이 되었다고 평가하는 것이다. 그리하여 화자는 "가지 않으면 길이 생기지 않는다"(「속보, 나의 길－존재함을 위하여」)라는 삶의 진리를 일깨워준 큰형에게 감사한다. 그리고 "어두운 곳에서 벗어나 지향하는/색깔로 시간을 만들어가"(「국밥집 가서 밥 한 숟가락 얻어 와라」)고자 시인의 길을 걷는다.

孟文在｜문학평론가 · 안양대 교수

푸른사상 시선

1 **광장으로 가는 길** | 이은봉 · 맹문재 엮음
2 **오두막 황제** | 조재훈
3 **첫눈 아침** | 이은봉
4 **어쩌다가 도둑이 되었나요** | 이봉형
5 **귀뚜라미 생포 작전** | 정원도
6 **파랑도에 빠지다** | 심인숙
7 **지붕의 등뼈** | 박승민
8 **살찐 슬픔으로 돌아다니다** | 송유미
9 **나를 두고 왔다** | 신승우
10 **거룩한 그물** | 조항록
11 **어둠의 얼굴** | 김석환
12 **영화처럼** | 최희철
13 **나는 너를 닮고** | 이선형
14 **철새의 일인칭** | 서상규
15 **죽은 물푸레나무에 대한 기억** | 권진희
16 **봄에 덧나다** | 조혜영
17 **무인 등대에서 휘파람** | 심창만
18 **물결무늬 손뼈 화석** | 이종섶
19 **맨드라미 꽃눈** | 김화정
20 **그때 나는 학교에 있었다** | 박영희
21 **달함지** | 이종수
22 **수선집 근처** | 전다형
23 **족보** | 이한걸
24 **부평 4공단 여공** | 정세훈
25 **음표들의 집** | 최기순
26 **나는 지금 운전 중** | 윤석산
27 **카페, 가난한 비** | 박석준
28 **아내의 수사법** | 권혁소
29 **그리움에는 바퀴가 달려 있다** | 김광렬
30 **올랜도 간다** | 한혜영
31 **오래된 숯가마** | 홍성운
32 **엄마, 엄마들** | 성향숙
33 **기룬 어린 양들** | 맹문재
34 **반국 노래자랑** | 정춘근
35 **여우비 간다** | 정진경
36 **목련 미용실** | 이순주
37 **세상을 박음질하다** | 정연홍
38 **나는 지금 외출 중** | 문영규
39 **안녕, 딜레마** | 정운희
40 **미안하다** | 육봉수
41 **엄마의 연애** | 유희주
42 **외포리의 갈매기** | 강 민
43 **기차 아래 사랑법** | 박관서
44 **괜찮아** | 최은묵
45 **우리집에 왜 왔니?** | 박미라
46 **달팽이 뿔** | 김준태
47 **세온도를 그리다** | 정선호
48 **너덜겅 편지** | 김 완
49 **찬란한 봄날** | 김유섭
50 **웃기는 짬뽕** | 신미균
51 **일인분이 일인분에게** | 김은정
52 **진뫼로 간다** | 김도수
53 **터무니 있다** | 오승철
54 **바람의 구문론** | 이종섶
55 **나는 나의 어머니가 되어** | 고현혜
56 **천만년이 내린다** | 유승도
57 **우포늪** | 손남숙
58 **봄들에서** | 정일남
59 **사람이나 꽃이나** | 채상근
60 **서리꽃은 왜 유리창에 피는가** | 임 윤
61 **마당 깊은 꽃집** | 이주희
62 **모래 마을에서** | 김광렬
63 **나는 소금쟁이다** | 조계숙
64 **역사를 외다** | 윤기묵
65 **돌의 연가** | 김석환
66 **숲 거울** | 차옥혜
67 **마네킹도 옷을 갈아입는다** | 정대호
68 **별자리** | 박경조

69 **눈물도 때로는 희망** | 조선남
70 **슬픈 레미콘** | 조 원
71 **여기 아닌 곳** | 조항록
72 **고래는 왜 강에서 죽었을까** | 제리안
73 **한생을 톡 토독** | 공혜경
74 **고갯길의 신화** | 김종상
75 **고개 숙인 모든 것** | 박노식
76 **너를 놓치다** | 정일관
77 **눈 뜨는 달력** | 김 선
78 **거꾸로 서서 생각합니다** | 송정섭
79 **시절을 털다** | 김금희
80 **발에 차이는 돌도 경전이다** | 김윤현
81 **성규의 집** | 정진남
82 **번함 공원에서 점을 보다** | 정선호
83 **내일은 무지개** | 김광렬
84 **빗방울 화석** | 원종태
85 **동백꽃 편지** | 김종숙
86 **달의 알리바이** | 김춘남
87 **사랑할 게 딱 하나만 있어라** | 김형미
88 **건너가는 시간** | 김황흠
89 **호박꽃 엄마** | 유순예
90 **아버지의 귀** | 박원희
91 **금왕을 찾아가며** | 전병호
92 **그대도 내겐 바람이다** | 임미리
93 **불가능을 검색한다** | 이인호
94 **너를 사랑하는 힘** | 안효희
95 **늦게나마 고마웠습니다** | 이은래
96 **버릴까** | 홍성운
97 **사막의 사랑** | 강계순
98 **베트남, 내가 두고 온 나라** | 김태수
99 **다시 첫사랑을 노래하다** | 신동원
100 **즐거운 광장** | 백무산 · 맹문재 엮음
101 **피어라 모든 시냥** | 김자흔
102 **염소와 꽃잎** | 유진택
103 **소란이 환하다** | 유희주
104 **생리대 사회학** | 안준철
105 **동태** | 박상화
106 **새벽에 깨어** | 여국현
107 **씨앗의 노래** | 차옥혜
108 **한 잎** | 권정수
109 **촛불을 든 아들에게** | 김창규
110 **얼굴, 잘 모르겠네** | 이복자
111 **너도꽃나무** | 김미선
112 **공중에 갇히다** | 김덕근
113 **새점을 치는 저녁** | 주영국
114 **노을의 시** | 권서각
115 **가로수의 수학 시간** | 오새미
116 **염소가 아니어서 다행이야** | 성향숙
117 **마지막 버스에서** | 허윤설
118 **장생포에서** | 황주경
119 **흰 말채나무의 시간** | 최기순
120 **을의 소심함에 대한 옹호** | 김민휴
121 **격렬한 대화** | 강태승
122 **시인은 무엇으로 사는가** | 강세환
123 **연두는 모른다** | 조규남

푸른사상 시선 124

시간의 색깔은 자신이 지향하는 빛깔로 간다